Collection S. Fischer

Carmen v. Samson

EINE INVASION VON FRAUEN

S. Fischer

Collection S. Fischer

Herausgegeben von Jörg Bong

Band 99

Veröffentlicht im Fischer Taschenbuch Verlag GmbH,

Frankfurt am Main, Oktober 2000

Gesetzt aus der Korpus Joanna

in QuarkXPress 4.04 auf Apple Macintosh im Verlag

Druck und Bindung Clausen & Bosse, Leck

Printed in Germany

ISBN 3-596-22399-7

Meiner Freundin Nicole Müller

Psalm 138

0 Diese Geschichte ist eine Fiktion. Nichts an ihr ist wahr. Insbesondere Figuren wie Mein Vater, der One-night-stand, Meine Schwester, Mein Nicht-Geliebter usw. sind frei erfunden. Die Frauen sind Produkt meiner Imagination, die Männer phantastisch. Einzig die Personen Ich und Meine Freundin haben einen Bezug zur Realität.

Oder anders.

Dies ist meine Geschichte. Meine Eltern haben ihre eigene, und auch mein Nicht-Geliebter würde die Dinge anders berichten. Ich kann nicht mehr als meine Version erzählen. Sie besteht nur zum Teil aus meiner Erinnerung. Zum Hochzeitstag meiner Eltern schenkte mir meine Schwester eine neue Vergangenheit.

1 An meinem Vater lobte man stets, daß ein attraktiver, charmanter Mann wie er auf solch herzige Weise Frau und Kindern treu sei. »Ach, der Vater, der braucht eben seine Familie, und ohne meine Mutter ist er doch nur ein halber Mensch«, werde ich erwidert haben.

Die erste hieß Maria, erzählt meine Schwester. Sie war Angestellte in der Großstadt und wurde die Geliebte meines Vaters, als

meine Schwester noch nicht geboren war. Sagt meine Schwester. Ich war drei Jahre alt. Aus dieser Zeit gibt es für mich nur wenige Erinnerungen, keine an meinen Vater. Er war viel unterwegs, heißt es.
Für mich gibt es Fahrten im Auto, die mitten in der Nacht begannen. Meine Schwester und ich wurden schlafend auf ein Lager aus Decken und Kissen im Fond gebettet. Meistens erreichten wir kurz vor Sonnenaufgang die Ebene. Keine Kurven wiegten mich mehr im Schlaf sanft hin und her, die Strecke war gerade und flach, zum Anhalten. Meine Eltern rauchten miteinander eine Zigarette. Ihr Duft drang in der frischen Morgenluft auch zu uns nach hinten, und ich weiß nicht mehr, ob ich davon aufwachte oder von dem Klang der leisen Stimmen oder von der Helligkeit. Eines aber ist mir geblieben: das Gefühl, angekommen zu sein in der Mitte.
Hat er sich auch bei solchen Familienreisen mit Maria getroffen? Bei ihr im Büro? In einem Hotel? Wie war es dann für ihn, abends mit meiner Mutter und uns zu essen? Woran dachte er, als er mich im Schwimmbad des Hotels den Kopfsprung lehrte; war er vielleicht sogar stolz, als ich es endlich fertigbrachte, mich vornüber ins Blaue zu stürzen? »Maria, Maria, Maria« – ist das wirklich ein Schlager aus der Zeit, der mir jetzt im Kopf herumgeht, oder mache ich den Namen dieser Frau zu Musik?

2 Ich wache auf, steige über das Kindergitter an der Treppe und gehe hinunter ins Wohnzimmer zu meinen Eltern. Meine Mutter weint.

Als ich dieses Bild erstmals aus dem Vergessen holte, galten für mich diese Tränen einer Toten, ihrer an Herzversagen gestorbenen Schwester. Aber es kann auch anders sein. Der Gedächtnisfaden nimmt eine schillernde Farbe an. Es kann auch sein, daß meinem vielleicht gerade zurückgekehrten Vater ein Lippenstiftfleck auf dem Kragen prangte, oder ein langes braunes Haar sich in ein Unterhemd, gar in den Eingriff seiner Unterhose, verirrt hatte. Oder noch anders. Es sei, erzählt meine Schwester, mitunter in der Ehe zu Handgreiflichkeiten gekommen. Das hätte mein Vater selbst gesagt. Hat mich damals vielleicht der dumpfe, hohle Laut geweckt, als ein Frauenkörper am Holzschrank aufschlug?

Meine Mutter schickte mich hoch ins Bett, als ich sie trösten wollte. Über die Sitzungen bei einem Ehetherapeuten sagte sie meiner Schwester: »Für das viele Geld hätte ich mir lieber einen schönen Barockschrank kaufen sollen.«

3 Einer der ersten Sätze meiner kleinen Schwester war: »Wir sind eine fröhliche Familie.« Die Geschichte dieses Spruchs durchzieht meine eigene, ich habe ihn unzählige Male gehört. Brach meiner Mutter beim Erzählen die Stimme, schaute mein

Vater betreten fort? Es ist umgekehrt. Mein Vater hielt an diesem Satz fest, brachte ihn sonntags beim Frühstück in die Unterhaltung.

4 Wir zogen fort. Mein Vater war meistens vier Wochen in unserer Familie, bevor er wieder auf eine Dienstreise ging. Wir brachten ihn zum Flughafen und holten ihn ab, die ganze entzückende Familie mit den zwei blonden, porzellanhäutigen Töchtern und der eleganten Mutter. Ich stelle mir vor, daß mein Vater schon auf der Reise sein Parallel-Leben wiederaufnahm. Eine nette Kollegin wird es unter den Beratern doch gegeben haben.

5 Verärgert kommt mein Vater aus dem Hotel. Er hätte sich noch mit dem Rezeptionisten streiten müssen, der ihm ein Doppelzimmer habe berechnen wollen. Zwei Kissen auf dem Bett seien zerwühlt gewesen, also sei das Zimmer doch wohl auch von zwei Personen benutzt worden. »So ein Unsinn, wegen eines Kissens stellt man doch nicht gleich eine doppelt so hohe Rechnung.« Es kam mir nie in den Sinn zu fragen, ob der Rezeptionist denn recht gehabt hätte. Rambazamba, Quickie, eine priapische Party, eine Affäre. Mein Vater spricht von Versuchungen, sagt meine Schwester.

6 Ich bin elf. Ich stehe in der Bibliothek vor meinem Vater. »Warum hast du mich angelogen?« fragt er, und in seiner Stimme liegt Trauer. »Ich weiß nicht, ich hatte Angst«, lüge ich zum zweiten Mal. Ich hatte einmal ausprobieren wollen, wie sich das anfühlt: die Unwahrheit sagen.

7 Meine Mutter erwartete meinen Vater, erzählt meine Schwester. Eine neue Geschichte. Als er sich verspätete, fuhr sie in sein Büro. Die Tür war abgeschlossen, aber durch die Gazegardine des kleinen Fensters darin sah sie im Raum Bewegungen. Bei ihrer Rückkehr nach Hause war mein Vater schon da. Ich sehe das Fenster, die leicht wehende Gardine, höre die sich überschlagende Stimme meiner Mutter: »Der ist einfach zum Fenster raus und schnell losgefahren!« Hat sie mir schon früher davon erzählt? An welchen Ort in meinem Hirn ist die Geschichte dann verschwunden?

8 Mein Vater und ich unterhalten uns. Er berichtet von einem Essen mit Gästen. Meine Patentante, sagt er, habe nach einem kräftigen Biß in einen buttertriefenden Krebsschwanz ausgerufen: »This is better than sex!« Mein Vater erzählt, er hätte geantwortet: »Well, that's because you haven't had sex with me yet.«

Weiche Frauen hat er gern. Von einer schwärmte er. Sie hatte ihren Mann verlassen, als sie die Liebe ihres Lebens kennenlernte, nahm ihre Kinder und zog zu dem Neuen. *Kolossal romantisch*, fand mein Vater sie, und fortan wünschte ich mir, ihren rehäugigen Blick unter den leicht gelockten, braunen Haaren und ihre leise, zögerliche Stimme zu haben.

Später zog mein Vater für ein Jahr allein fort, in eine noch größere Stadt. Meine Mutter blieb, renovierte das Haus. Meinen Vater konnte sie nur tagsüber im Büro erreichen. Sein neuer Arbeitgeber, behauptete er, brächte ihn in wechselnden Hotels unter. Da lohne es sich nicht, dauernd neue Telephonnummern aufzuschreiben.

Es war eine mexikanische Stewardeß. Meine Schwester weiß nur, daß meine Mutter ihre Adresse kannte. Lag in derselben Straße nicht auch das Appartement meiner Schwester, als sie zum Studium in die Stadt ging? Der Kummer meiner Mutter über diesen Auszug gewinnt eine neue Färbung.

Weihnachten. Ich übe ein Lied ein, *Oh come, all ye faithful*. Auf der Treppe höre ich die warme Stimme meines Vaters: »Das lob ich mir, daß geprobt wird fürs Fest«, und lachend nimmt er mich in die Arme. Das Lied hat heute einen anderen Klang. »Oh come – come, yes, give it to me baby, come come come«. Eine rauhe Frauenstimme mit dem nasalen Tonfall der Hispanics.

Die schlimmste Vorstellung: daß er diese Frauen geliebt haben könnte. Meine Nicht-Erinnerung will, daß mein Vater sie gebumst, gevögelt, gefickt, bestiegen hat. Aber gesprochen hat er mit ihnen nur, um das nächste Stelldichein zu vereinbaren. Und schon gar nicht hat er mit ihnen gelacht.

9 Streit, sonntags beim Mittagessen, wie immer. Eine Auseinandersetzung zwischen mir und meinen Eltern über die Gleichheit der Menschen. »Vergiß nie, daß du als Adlige etwas Besseres bist«, beendet mein Vater die Diskussion. »Dein so geliebter Großvater hätte bestimmt keinem Schwarzen die Hand gegeben«, hakt meine Mutter nach. Mein damaliger Verehrer, Professor an einer Universität für Schwarze, durfte nicht an unserer Haustür klingeln, wenn er mich abholte. Mein Vater sähe das nicht gern, sagte meine Mutter und bat mich, am Ende der Auffahrt zu warten.
Mein Vater sah über Jahre gern eine Hispanic.

10 Morgens, wenn ich aufwache, stehen Szenen in meinem Kopf, die ich nicht gerufen habe. Heute: Anne. Sie arbeitete in einem Reisebüro auf einer Ferieninsel. Es gefiel meinen Eltern, von ihrem *Wochenend-Haus* dort zu erzählen, und sie schickten

bunte Postkarten mit einem Kreuz über der gemieteten Ferienwohnung.
Anne im Gegenlicht. Eine fleischige Schwarzhaarige wogt auf unser Mattenlager am Strand zu. Sie legt sich so auf den Bauch, daß mein Vater ihr geradewegs ins Décolleté blicken kann. Sie weiß es, ich weiß es, meine Schwester, meine Mutter wissen es. Er sie es wir ihr sie wissen es alle.
Abends kommt sie zum Sundowner zu uns. Die Schale mit den Nüssen nimmt sie vom Tisch und stellt sie meinem Vater aufs Knie. Sie bedient sich oft mit den sanft gebogenen, weichen Cashewnüssen, die ihr blaß und klein in der Hand liegen. Mein Vater erstarrt.
Als Anne nach Hause gebracht werden will, bittet meine Mutter die Schwester: »Ach, fahr doch mit.« Die Spannung löst sich erst, als mein Vater wieder zur Tür hereinkommt. Wie lange war er fort? Wie quick ist ein Quickie?
Meine Mutter liest am Strand die Merkel: *Eine ganz gewöhnliche Ehe.* Sie ist nicht ansprechbar, während die rechte Hälfte des Buchs immer flacher wird. Schließlich klappt sie es zu, steht auf. Als sie ins Wasser geht, weint sie. Jahre später las auch ich die Schlußrede der Penelope an ihren zurückgekehrten, jetzt toten Mann, ihre Fragen über Calypso, und verstand die Rührung. Die Trauer meiner Mutter erkannte ich nicht.

11 Meine Schwester erzählt weiter, jetzt von Tante Prunella. Sie war wie ihr Name. Fruchtige Restsüße, nachgiebig und doch schon ein bißchen ledrig. Ich himmelte sie an.
»Wahrscheinlich hat Papa sie mal wieder zu lange angeguckt, Mama hat sich ihm verweigert, und dann ist er eben wirklich zu ihr gegangen. Was soll er denn auch machen, irgendwann ist der Druck zu groß.«

12 Ein Paar im Bett. Der Mann streckt noch einmal die Hand aus, legt sie seiner Frau auf die Schulter. Sie zischt, er solle sie in Ruhe lassen, Dreckskerl. Der Mann steht auf, geht.
Ein Mann steht an der Tür zum Gästezimmer. Klopft. Öffnet die Tür. Geht hinein und schließt sie hinter sich. »Möchtest du morgen früh einen Tee oder einen Kaffee zum Frühstück?« »Ich hatte eben vergessen, dir noch zu sagen …« »Hast du auch alles, was du brauchst? Kann ich dir noch irgend etwas besorgen?«

13 Ich erzähle meiner Schwester vom Streit um den Hotelzimmerpreis. Sie sagt, sie erinnere sich auch daran. Das sei gewesen, als sie für ein Jahr in meine Stadt gezogen war. Meine Geschichte ist ihre Geschichte.

Er wollte es uns sagen. Er hat es uns gesagt. Es gibt offenbar schalldichte Fassaden.

14 Ich schicke einen Brief an meine Eltern, ohne zu wissen, was ich überhaupt von ihnen in der Gegenwart will. Erst einmal möchte ich meine Vergangenheit.

15 Ich erzähle es meiner Freundin. Sie fragt: »Stellt das nicht die Beziehung zu deinem Nicht-Geliebten in ein anderes Licht? Hol ihn doch da raus aus seiner Hölle!«
Mein sogenannter Nicht-Geliebter. Mein geliebter Kollege. Um die fliegenden Gedanken schneller auszutauschen, wurden Dienstgespräche zu gemeinsamen Mittagspausen. Telephonate von Büro zu Büro. Das hörte auf, als seine Frau dahinterkam. Es schien logisch, den Kontakt für eine Zeit zu unterbrechen. Zwei Monate war eine Frist, auf die wir uns einigen konnten.
Wir begegnen uns wieder, als ich noch mitten auf seinem ehelichen Schlachtfeld stehe. Im Vorübergehen fasse ich ihm an den Arm. Er nimmt meine Hand, gibt mir einen Handkuß. Der erste Kuß. Willenlos hebt sich mein Arm empor. Ich lege die Wange an den Handrücken. Plötzlich ist er neben mir. Ich flüchte.

16 Wiedersehen mit einem One-night-stand. Eine *Telephonbeziehung* nannte er die Gespräche, die dem ersten Treffen vorangingen. Ein Mann wie ein Pfeil. Jeden Tag rief er an. Fragen, wie ich denn aussähe, wechselten sich ab mit Berichten über seine scheiternde Ehe. Irgendwann hatte er in meiner Stadt zu tun, kommandierte mich zum Flughafen. Also holte ich ihn ab. Vor dem Restaurant öffnete er mir die Wagentür, und als ich ausstieg, fand ich mich in seinen Armen wieder, wurde auf den Mund geküßt. »So hatte ich das eigentlich nicht gemeint«, log ich. Da küßte er mich noch einmal.

Die Telephonate kamen danach alle drei Tage, dann einmal die Woche, nach zwei Wochen schließlich das letzte vor dem Wiedersehen im Herbst. »Ich hatte im Sommer so viel mit mir selbst zu tun, weißt du.« Ich wußte.

Machte mein Vater das auch so? Ging es den Marias, Annes, Prunellas hinterher wie mir? Der Telephonverehrer flirtete mit tiefen Ausschnitten, beobachtete ich von ferne. Mich widerte die Unverblümtheit jetzt an, die mich damals in sein Hotelbett geführt hatte.

Ich sah eine blasse Frau auf dem Fest, die ich für seine hielt. Mit verkniffenen Lippen saß sie allein am Rand. Sie musterte mich, als ob sie sich fragte: »Ist die das?« Vielleicht wußte sie es auch. »Frauen wissen das immer«, würde meine Mutter sagen.

17 Als ich zu einem Transatlantikflug die Maschine besteige, bemerke ich einen Mann in der letzten Reihe, der mich anstarrt. Doch nicht neben dem, denke ich. Natürlich neben dem. »Aber mit dem größten Vergnügen, bitte sehr«, steht er auf, um mich in den Sitz am Fenster zu lassen. Ein Diamantenhändler auf dem Weg nach Antwerpen, und während er mir von seinem Beruf erzählt, berührt er mich gelegentlich an der Hand. Ich fasse ihm bei einem Scherz mit sanftem Druck an den Unterarm. Als er von seiner Familie spricht, von den studierenden Kindern, nimmt er meine Hand in seine, hält sie gerade das bißchen zu lang. Es überrascht mich nicht, daß er sie beim nächsten Mal streichelt und beim dritten küßt.

Wir bestellen noch einen Rotwein. Eine Ewigkeit, bis die Lichter ausgehen und der Film gezeigt wird.

Unter der Decke wandern unsere Hände nicht, sie eilen in die Hose des anderen. Als ich ihn frage: »How will you take me?«, raunt er mir ins Ohr: »First I will kiss you. And then …«

[…]

Ich ziehe die Polyesterdecke über das Gesicht, beiße mir in die freie Hand. Die Stewardeß beugt sich über uns und zieht mit einem Knall die kleine Plastikjalousie am Fenster herunter.

18 Ein Photo. Schwarzweiß, wie meine grauschattierte Erinnerung. Ein Bach in den Bergen, wir Kinder am Ufer. Meine Schwester wirft Steine ins Wasser, ich betrachte das Fließen. Tante Prunella balanciert mitten im Bild von einem Findling zum anderen, die langen Beine im Minirock weit auseinandergestellt. Mein Vater schaut im Hintergrund zu.
Er amüsierte sich immer über meine Mutter, wenn sie photographierte. Sie muß den Zeigefinger der linken Hand von der Kamera nehmen, um sich das Auge zuzuhalten. Noch nicht einmal Zwinkern kann sie richtig. Meine Mutter lacht mit.

19 Der große, rote Fischrogen eines Sushistückchens platzt mir saftig im Mund. Körnig liegt der Reis auf meiner Zunge. Milder Sojasaucengeschmack, salzig und warm. Ich nehme einen Klacks von der grünen Paste am Rand des kleinen Tellers. Sie brennt einen Schmerz, den ich in den Zähnen spüre.

20 Mein Vater könnte mich anrufen: »Wie wäre es, wenn ich ein paar Tage zu dir käme? Ich würde mich freuen, dich zu sehen.«
»Unter einer Bedingung: Du erzählst mir alles. Name, Alter, Wohnort. Dauer der Beziehung. Ich will alles wissen.«
Diese Frauen besetzen mich. Ich bin von ihnen besessen.

21 Wenn ich nachts aufstehe, um einen Schluck Wasser zu trinken, tröstet mich bei der Wiederkehr die Hitze in meiner Decke. Ich habe also wirklich in diesem Bett gelegen. Diese Wärme stammt von mir.

22 Wir sitzen am Mittagstisch. Wir heißt: diesmal auch der Vater. Es gibt Orangensaft. Er ist frisch gepreßt, leuchtet in unseren Gläsern und explodiert kühl im Mund. Meine Schwester, die gerade sprechen lernt, trinkt irgend etwas Weißes aus der Flasche. Sie tut mir leid. Sie möchte auch Saft. »Auch Saft«, sagt sie. Mein Vater tadelt sie: »Nein, so nicht. Das ist unbescheiden. Und unbescheidene Kinder mögen die Menschen nicht.« Meine Mutter fragt, ob ich noch etwas trinken möchte. »Ja, bitte, aber nur ein ganz kleines bißchen.« »Also, das ist nun wieder zu bescheiden. Das gefällt den Menschen auch nicht.«

23 Am letzten Tag der Kontaktsperre zu meinem Nicht-Geliebten hatte die Putzfrau die Postkarte auf meinem Schreibtisch mit seiner ersten Liebeserklärung umgedreht. Statt seines *Überall* … das Bild einer rotgeziegelten Tagungsstätte.

24 Familienfest im Hause meiner Eltern. Meine Nichte wacht morgens auf. Morgens heißt für sie halb sechs. Lange weint sie nach ihrer »Boddladschuhss«, trinkt vermutlich literweise ihren Nachtsaft. Sie kann sich noch nicht ganz entscheiden, ob sie Englisch oder Deutsch sprechen möchte. »Tantes house kommen« ist ein wichtiger Satz, wenn wir telephonieren. Er könnte natürlich auch geschrieben werden *Tante's Haus come.*
Ich liege im Nebenzimmer, weiß, daß sie nur das heimelige Gefühl haben will, das vom Trinken im eigenen Bett kommt. Als ich aufstehe, um mich doch einzumischen, begegne ich im Flur meinem Vater. Wir beide können Kinder nicht weinen hören.

25 Ricarda. Sie ist einundzwanzig, französisch-argentinischer Herkunft. An ihr begreife ich, was sexy heißt. Zu den wöchentlichen Top Hits aus dem Radio bringt sie mir das Tanzen bei. »Move your shoulders like this, you see. And now the legs.« Ihre Erzählungen kreisen um Internatsabenteuer. Beim Feldhockey hätte sie immer viel lieber mit den Jungs spielen wollen, Mädchen hätten sie gelangweilt.
Eine Seidenbluse, die ich einmal vorsichtig anfassen darf, hatte sie selber genäht, sagt sie. Als ich in der Seitennaht ein Etikett entdecke, frage ich nicht nach. Glaube fortan keine ihrer Geschichten mehr.

Sie war wegen eines Mannes in unsere Stadt gekommen. Nach drei Wochen gab es Streit. Meine Eltern standen mit Ricardas Liebsten in der Auffahrt und versuchten zu vermitteln. Es gelang nicht, und Ricarda wohnte zehn Monate bei uns. Mein Vater brachte von einer Dienstreise marokkanische Kaftane mit, alle blau mit türkiser Borte. Auch Ricarda bekam einen. Kurz nach ihrem Auszug erzählte mir meine Mutter, sie sei meinem Vater fürchterlich auf die Nerven gegangen. Immer diese laute Musik, der nicht abreißende Strom an Verehrern.
Später heiratete Ricarda. Ihr Mann schenkte ihr einen Porsche, sie bekam zwei Kinder. Meine Schwester ist Babysitter. Als ich einmal auch hingehe, sagt sie, ich sollte mir das Schlafzimmer anschauen. Über dem Bett hängen Photos. Ein Dreiviertelprofil von Ricarda. So entspannt kenne ich sie nicht. Der Abzug ist an der linken Seite eingefaltet. Ich lege den Knick auf und sehe den Schwanz ihres Mannes vor ihrem Mund.
Noch später sagt meine Mutter, sie hätte den Kontakt zu Ricarda abgebrochen. »Wie sie mir das hat antun können. Nach all dem, was ich für sie gemacht habe. Nach all der Zeit.« Meine Mutter sagt nicht, was Ricarda ihr angetan hat. Mein Vater steht am Fenster und schaut hinaus.

26 Auf einem Spaziergang trägt mein Vater meine Nichte auf den Schultern. Ich höre ihrer Unterhaltung zu. »Apapa, warst du auch mal klein?« »Genauso klein wie du. Und du wirst auch mal groß sein. Dann wirst du eine Mama sein wie deine Mama jetzt. Und irgendwann bist du auch eine Amama.« Darüber muß meine Nichte nachdenken.

Als die *Mitteilung an den Adel* erschien, redeten meine Eltern von der Autorin als *die Plessen*. Sie erzählten das Gerücht, die gräfliche Familie hätte sich nur ein Exemplar gekauft und reiche es untereinander weiter, damit *die Plessen* nicht auch noch mit so etwas Geld verdiene. So etwas mache man einfach nicht. So etwas war: Familiengeheimnisse verraten. Das war bei uns verboten. Meine Eltern hatten sich allerdings das Buch gekauft. Sie ließen es mich auch lesen.

27 Klein, jüdisch, intellektuell, verheiratet und vier Kinder. Fünfundzwanzig Jahre älter. Mein Standardmann. Er kommt aus der Schweiz, besucht Freunde in meiner Stadt, die mich dazuladen. Am nächsten Tag ruft er an. Ob ich nicht mit ihm Mittag essen wollte, dann vielleicht eine Ausstellung? Ich habe wenig Arbeit an dem Tag, fliege am Abend fort. Also treffe ich ihn. Seit dem ersten meiner beiden ersten Male mit einem Mann versetzt mich das schlendernde Betrachten von Bildern in Erregung. Arm in Arm unter dem Regenschirm bringt er mich nach Hause, und mir ist klar, was jetzt geschehen wird. Er küßt mich an der Haustür. Auf dem Boden meines Schlafzimmers liegt der Koffer. Wir fallen übereinander her. Zunge Mund Finger Schwanz. Dann hilft er mir beim Packen.

Der einzige Mann, mit dem ich in einer Ausstellung, nicht aber im Bett war, ist mein Nicht-Geliebter. Seither gehe ich allein in Museen.

28 *Wir am Mittagstisch* heißt diesmal die übliche Besetzung: Mutter Kind Kind. Von meinen Klassenkameraden angestachelt, frage ich: »Mama, wo kommen eigentlich die Babys her?« Meine Mutter errötet. »Der Mann tut seinen Botten in den von der Frau.« »Iieh«, rufe ich aus. »Nein«, sagt meine Mutter. »Das ist sehr schön.« Als ich am nächsten Tag den Schulfreunden davon berichte, sind sie enttäuscht.

29 Meinen ersten Zahn sollte ich unter einem Baum im Garten vergraben und jeden Tag gießen. An dem Tag, an dem ich es vergessen hatte, kam mein Vater zum Mittagessen nach Hause. Ob ich an den Zahn gedacht hätte? Sinkendes Gefühl im Magen. »Nein.« »Dann geh mal schnell und gieß ihn.« Vom Tisch aufstehen, wenn alles noch ißt, mit Erlaubnis – das durften wir sonst nur nach *Darfichbitteaufstehn*. Unter den Zweigen am Fuß des Baums leuchtete es weiß. Ein Schreck, ich lief zurück. »Da ist eine Schlange!« Ich wurde noch einmal geschickt, sah das Lächeln zwischen meinen Eltern. Die Zahnfee hatte einen Elfenbeinelefanten gezaubert.

30 Als ich geboren wurde, kam mein Vater nach sechs Wochen, um sein erstes Kind anzuschauen. Das weiß ich, weil in meinem Baby-Photoalbum eine kleine bunte Eisenbahn gemalt ist. Daneben steht der Satz: *Sechs Wochen alt. Hurra, Papa kommt zu Besuch.* Meine Mutter verbot ihm damals, sich an meiner Erziehung zu beteiligen. Hat sie mir erzählt. Mein Vater hat sich daran gehalten. Wir standen im Konflikt, selten im Kontakt miteinander.
Die schlimmste Rache, die ich hätte nehmen können, habe ich geübt. Ich wurde wie mein Vater, ohne daß ich von seinem Vorbild wußte.

31 Meine Freundin widerspricht. Ich sei wie die Geliebten meines Vaters geworden.

32 Und warum hat er dann nie mich geliebt?

33 Mein Vater ist zu Hause. Meine Mutter macht das Abendessen. Es gibt Tee für die Eltern, Milch für uns Kinder, Brot und Aufschnitt. In der Küche.
Eigentlich paßt dieser Ort nicht zu unserer Familie, denke ich. *Menschen* speisen im Eßzimmer, sitzen auf Biedermeierstühlen mit zierlicher Lehne. Keinesfalls essen sie von einem blanken Resopaltisch, sitzen wie *Leute* auf plastikbezogenen Stühlen mit ausgestellten Metallbeinen. Vielleicht liegt das an der bäuerlichen Herkunft meines Vaters, beruhige ich mich.
Meine Mutter ruft jedenfalls zum Abendessen. Wir gehen hinunter, aber sie ist nicht in der Küche. Das ist neu, daß mein Vater vor ihr da ist. Er kommt sonst immer als letzter, wenn wir schon sitzen. Meine Mutter tritt zur Tür herein. In einem Abendkleid. Orangene Seide fließt durchsichtig um ihren Körper. An dem Abend küßt mein Vater sie vor unseren Augen auf den Mund.

34 An demselben Tisch die Frage, die keine von uns vergessen hat und die wir in diesen Tagen beide hervorholen. »Sagt mal, Kinder, zu wem würdet ihr denn ziehen, wenn wir uns scheiden ließen?« Ich höre die fröhliche Stimme meiner Mutter. Wir wissen beide, daß meine Schwester weinte. Ich erstarrte, wie immer.

35 Meine Schwester wird gleich weinen. Immer, wenn die Tränen kommen, holt sie stoßweise Luft, bis das Heulen dann richtig losgeht. Mein Vater sagt, sie klinge wie ein startender Traktor. Wir lachen. Danach lachen wir immer, wenn meine Schwester zu weinen anfängt. Mein Vater sagt: »Traktor!«, und wir lachen. Meine Schwester lacht schließlich mit.

36 Ich stehe vor meiner Mutter. Sie schimpft. Wahrscheinlich, weil ich mir die Haare nicht gekämmt habe. Vielleicht gibt es diesmal auch einen anderen Grund. Die Wut in mir sucht sich eine Bahn, und ich breche in Tränen aus. »Geh und schau im Spiegel, wie häßlich du jetzt aussiehst«, sagt sie.
Als ich Anfang Zwanzig war, sagte mir meine Mutter: »Kämm dir immer schön die Haare, dann findst du bald 'nen Mann.« Als ich Kind war, hieß das: »Sei lieb und nett und ordentlich und laß dich bloß nicht klauen.«

37 Wir begegnen einem Klassenkameraden. Seine Mutter arbeitet als Sekretärin an unserer Schule, sein Vater in derselben Firma wie mein Vater. Der Klassenkameradenvater hält mit einer fremden Frau Händchen, küßt sie, erklärt ihr etwas. Sein Sohn steht daneben. Ich sage später: »Das war nicht die Mutter.« Meine Eltern widersprechen: »Aber natürlich ist sie es, wer soll das denn sonst gewesen sein?« Ich bin mir sicher, daß ich »Seine Freundin eben« gesagt habe.

38 Wir fahren im Auto, sprechen vom *ersten Mal*. Meine Mutter sagt, früher hätten alle jungen Männer ihre ersten Erfahrungen bei Prostituierten gesammelt. Hätte ich einen Bruder, würde sie ihm Geld geben, wenn es so weit wäre. Ich frage: »Und was ist mit der Liebe? Man soll sich doch auch liebhaben dabei.« »Für Männer ist das anders«, sagt meine Mutter. Mein Vater sagt nichts.
Auf einer Familienreise frühstücken wir im Lokal. Am Nachbartisch spricht eine langbeinige Frau mit großer Frisur mit einem Mann. »I never fuck from behind.« Sie sagt es noch einmal, lauter: »I never fuck from behind, no matter what they want to pay.« Meine Mutter sagt: »Reichst du mir bitte mal das Salz?«
Meine Eltern holen mich vom Ferienlager ab. Am Straßenrand stehen zwei Anhalterinnen, etwas älter als ich. Meine Mutter sagt: »Na, die beiden wären doch genau deine Kragenweite.«

39 Ich habe zwei erste Male. Das erste erste Mal war mit einem kleinen, intellektuellen französischen Juden, der nicht verheiratet war und keine vier Kinder hatte. Er hatte nur eine Freundin. Ich lernte ihn auf einer Schiffsreise kennen. Im Casino machte er sich mit einem Reisebekannten den Spaß, aus einem Plastikbecher immer wieder Münzen in den Ausgabeschlitz eines Spielautomaten zu gießen und dabei laut zu jubeln. Am letzten Abend der Überfahrt suchte er und fand mich, saß und unterhielt sich mit mir bis spät in die Nacht über Balzac. Als er mich zur Tür der Kabine brachte, in der ich mit meiner Schwester schlief, küßte er mich. Wir gingen in einen der vielen kleinen Salons, in dem viel zu helles Licht brannte, und küßten uns bis zum Morgen. Eine Krankenschwester kam vorbei und fragte mich besorgt, ob es mir auch gutgehe, während ich mich aufsetzte und versuchte, meine Kleider zu richten.
Einige Tage später kam er in unsere Stadt. Wir verabredeten uns in ein Museum, das für seine Skulpturensammlung berühmt ist. Ich ließ ihn warten, weil meine Mutter mir verbot, ohne Unterrock auszugehen. Grundsätzlich, auch wegen seiner Nationalität: »Franzosen denken immer nur an das eine.«
Mein erster erster Mann nahm mich an der Hand, und wir gingen durch die Sammlung. Die Trennung durch einen Glaskasten, wenn er eine Skulptur von vorn und ich sie von hinten betrachtete, war uns zu lang.

Im Hotel, später, zog er mir das Kleid aus. »Tiens, un jupon.« Er streichelte mich zurückhaltend, löste erst dann den Büstenhalter, als ich so weit war. Ich ließ mit mir geschehen, schaute ihn nicht an, tastete zögernd an ihm herum. Als er meinen Bauch streichelte, holte ich scharf Luft. Irgendwann fragte er, ob er mir den Unterrock nicht ausziehen dürfte, und erklärte: es wäre doch so, als würde er die Socken anbehalten. Also durfte er. Plötzlich holte auch er tief Luft. Dann stand er rasch auf, verschwand im Bad. Ich begriff nicht, was geschehen war. »T'as des paupières énormes«, sagte er, als er wieder neben mir lag. Ich glaube nicht, daß ich einen Orgasmus hatte. Aber er sagte mir, ich sei sehr weich und feucht.

Wir gingen anschließend essen, und er machte Photos von mir, die er mir später schickte. Als seine Briefe immer seltener wurden und schließlich ausblieben, fragte meine Mutter nach. Die Umschläge mit den schönen Sonderbriefmarken aus Frankreich kämen ja gar nicht mehr.

Mein zweites erstes Mal war mit einem Freund meines Vaters. Nach einem Abendessen brachte er mich nach Hause, und im Treppenhaus flüsterte er mir ins Ohr: »Ich werd bei so was zum Tier, verstehst du.« Ich verstand an dem Abend, daß Tiere bei so was keine Zeit verlieren. Als ich mich trotzdem in ihn verliebte, sagte er mir, er hätte keine Zeit für eine Freundin. Wenig später begegnete ich der Frau, die ihn an den Wochenenden besuchte.

40 Auf einem Empfang, so erzählt meine Schwester, sei plötzlich die Elektrizität ausgefallen. Die Gesellschaft stand im Dunkeln, bemühte sich, eine Situation zu überspielen, für die es keine Höflichkeitsregeln gibt. Als das Licht wieder anging, sah man meinen Vater mit einer Fremden herumknutschen. Meiner Schwester sagte er, die Frau sei verrückt gewesen. Man hätte allgemein gewußt, daß sie solche Abenteuer inszenierte. Sie hätte eine Freundin angewiesen, die Sicherung herauszudrehen.

41 Wie es wäre, wenn ich heiratete. Ich ginge am Arm meines Vaters durch die Kirche auf den Altar zu, an dessen Stufen mein adliger, reicher Bräutigam stünde. Mein gutaussehender, befrackter Vater schritte langsam einher. Das läge an der langen Schleppe meines Brautkleids. Meine vielen Patenkinder würden sie tragen, was nicht ohne Püffe und Stolpereien abginge. Also langsam. Außerdem genösse es mein Vater, seine Tochter feierlich zu geleiten. Und dann die vielen eleganten Gäste, die Damen in Hüten, die Herren im Frack mit Orden. Vorne küßte er mich auf die Wange, um mich dann dem reichen, adligen Schwiegersohn zu übergeben. Nach der Trauung würde mein Vater die Gratulanten herzlich begrüßen, so manches laute Schulterklopfen wäre dabei. Zum Diner gäbe es eine Rede. Welche Wahrheiten würde er mir auf den Weg geben? Ich solle meinen Mann lieben und verstehen, wie er selbst von meiner Mutter geliebt und verstanden worden sei? Solle seine Schwächen erdulden? Eine treue Ehefrau und liebende Mutter sein? Spätestens jetzt hätte meine Mutter Tränen in den Augen. Man hielte es für Rührung. Möglicherweise wäre es das auch.

42 Zehn Minuten nach Ablauf der Frist ruft mein Nicht-Geliebter an: kurz nach Mitternacht. Er ist klein, nicht jüdisch, intellektuell, verheiratet und hat natürlich jede Menge Kinder. Außerdem liebt er mich und würde seine Familie sofort verlassen, um mit mir zu leben. In den zwei Monaten Schweigen hat er, erzählt er am Telephon, mir einen Brief geschrieben, den Wohnort gewechselt, das Buch meiner Freundin gelesen und sich nicht von mir gelöst.
Ich erzähle von Monika Marons Buch *Pawels Briefe*. Von meiner eigenen Suche nach Erinnerungen. Er spricht vom Mysterium des Leidens, von Platon. Zwei Stunden später legen wir auf. Die acht Wochen Schweigen hätten wir uns auch sparen können.
Am nächsten Tag finde ich seinen Brief in der Post. Vierundzwanzig eng bedruckte Seiten. Immer habe ich mir gewünscht, einen Liebesbrief zu bekommen.
»Eine Frau wie Dich aber, die stark und gleichzeitig sensibel ist,

hatte ich bislang immer nur für einen Wunschtraum gehalten.«
Ich lese den Satz dreimal. Damit bin ich gemeint.
»Das Argument allerdings, daß Du irgendeine besondere Verantwortung für meine Kinder hättest, will mir immer weniger einleuchten.«

43 Eine gute Geschichte hat ihren Anfang in nachvollziehbaren Voraussetzungen zu nehmen und von dort wohlgeordnet und zügig zu einem moralisch befriedigenden Ende zu finden.
Dies ist keine gute Geschichte.

44 Meine Schwester ruft an. Sie fragt, ob wir uns nicht treffen könnten. Ich hätte doch sicherlich das Bedürfnis, darüber zu reden.
Ich habe das Bedürfnis, darüber zu schreiben.
Über meine Taufrede für meine Nichte zum Beispiel. »Wir suchen das eine und finden etwas ganz anderes, vor dem wir dann zurückschrecken mit dem Gedanken: ›Nee, nee, so war das nicht gemeint, das sollte es nun wirklich gar nicht sein‹, um schließlich doch feststellen zu müssen, daß dieses andere, unverhofft Gefundene eigentlich genau das ist, wonach wir uns schon unser ganzes Leben gesehnt haben – vielleicht. Vielleicht begreifen wir

das sogar noch rechtzeitig. Vielleicht aber kommt der Augenblick der Erkenntnis schon zu spät, um das wahr werden zu lassen, wovon wir träumen und das wir doch wie nichts anderes auf der Welt fürchten.« Sagte ich.

Mein Vater hielt eine spontane Gegenrede. Ich hätte über Suche, Sehnsucht und Zweifel gesprochen. Er wolle jetzt vom Finden reden, vom Finden des dauerhaften Lebensglücks und vom Festhalten daran.

Ungefähr um die Zeit muß er den Brief des Rechtsanwalts meiner Mutter erhalten haben.

45 Ach, Ihr Lieben,

da habe ich nun heute einen schweren Brief an Euch zu schreiben.

[...]

Angesichts der neuen Erkenntnisse verschieben sich im Augenblick meine Erinnerungen sehr. Aber ich glaube doch, daß Ihr eigentlich immer nach vorn geschaut, nach vorn gelebt habt. Vielleicht ist Euch dieser Zug in den letzten Jahren verlorengegangen. Aber er läßt sich auch wiederfinden.

Daß Ihr das schafft, würde an erster Stelle Euch und dann uns als Euren Kindern, wie auch Euren Enkeln, sehr wünschen

Eure Tochter

46 An manchen Mittwochen durfte ich zu Hause bleiben. Die Schule begann an diesen Tagen erst zur zweiten Stunde. Meine Mutter und ich tranken einen Kaffee, ehe ich mit ihrem Auto in die Schule fahren sollte. Aber wenn die Gespräche losgingen, blieb ich. Sie waren immer gleich. Meine Mutter redete, ich hörte gut zu. Mein Vater habe keine Kultur. Sie hätte ihm beibringen müssen, eine Flasche als Flasche zu bezeichnen und nicht quer über den Tisch zu brüllen: »Reich mir mal die Pulle rüber.« Unser Pastor hätte von ihm gesagt: »Was macht sie eigentlich mit diesem Jüngelchen?« Er lese keine Bücher, gehe nicht ins Theater. Filme im Kino müsse man ihm erklären. Überhaupt sei er einfach eine Kartoffel, nichts weiter. Eine Kartoffel.

47 Meine Eltern heirateten im Winter. Auf den Photos sieht man Schnee liegen. Mein Großvater hatte zu einem Schnapsempfang für die von weither angereisten Gäste geladen, vor der Trauung. Es wurde lustig in der Kirche, als mein Vater lange am Altar warten mußte. Mein Großvater und meine Mutter hatten sich vor der Tür mit dem Pastor verschwatzt. Auch davon gibt es ein Photo.
Ich war auf der Hochzeit dabei. Meine Eltern hatten sich gerade verlobt, da wurde meine Mutter schwanger. Als sie bei einem Arzt wegen einer Abtreibung nachfragte, schickte der sie nach Hause. Sie solle eben ein bißchen früher heiraten.

48 Meine Eltern tauften mich Désirée. Meinem Nicht-Geliebten gefällt dieser Name überhaupt nicht. Er kann sich nur mit ihm abfinden, weil er mich begehrt, »wie seit Adam und Eva jeder Mann eine von ihm geliebte Frau eben begehrt. Wovon ich träume, ist, Dich im Arm zu haben, zu liebkosen«.
Was ist die Vergangenheitsform von liebkosen? Liebgekost? Geliebkost?
Mein Nicht-Geliebter schreibt mir außerdem, er hätte aufgehört, Gedichte zu verfassen. Es sei ihm wie ein Verrat erschienen, tiefe Gefühle und wahrhaftige Begegnungen als Steinbruch für seine poetische Produktion zu nutzen.

49 Mit zwei Jahren wurde ich einmal ins Krankenhaus eingeliefert. Es bestand der Verdacht, ich hätte Tuberkulose oder eine Lungenentzündung. Vielleicht war es auch nur ein Hautausschlag. In der Quarantäne wollte ich nicht bleiben. Ich stieg aus dem Bett und suchte in den Korridoren nach meiner Mutter. Also band man mich fest. Meine Mutter durfte nicht ins Zimmer kommen, sondern nur durch ein kleines Fenster in der Tür hineinschauen. Das ging ihr so nahe, daß sie mich nach dem ersten Mal nicht wieder besuchte. Als ich entlassen wurde, konnte meine Mutter mich nicht abholen, weil sie Besuch zum Tee eingeladen hatte. Eine Ambulanz brachte mich also nach Hause.

Meine Mutter öffnete. Ich marschierte an ihr vorbei in mein Zimmer. Bevor ich die Tür hinter mir zuschlug, sagte ich vernehmlich: »Du Schwein.« Das sei ihr vor dem Besuch sehr unangenehm gewesen, sagte meine Mutter später.

50 Ich liege in einem Krankenhausbett. Ich kann die Augenlider nicht heben. Das liegt an der Vollnarkose, denke ich. Mir tut nichts weh. Es ist alles ganz weich. Mein Körper fühlt sich schwer an, obwohl sie sehr viel von mir herausgeschnitten haben. Eine Hand streicht mir über die Stirn, legt die Haare zurück. Schwitze ich? Es ist schön, dieses Streicheln.
Früh am Morgen war ich geweckt worden. Ich wurde rasiert und mußte meinen Schmuck ablegen. Meine Mutter war mit dem Nachtzug gekommen. Am Vorabend hatte sie einen Geburtstag feiern müssen.
Am Nachmittag erfahre ich, daß der Tumor gutartig war. Und, daß ich wahrscheinlich keine Kinder bekommen kann.

51 Wenn meine Schwester an meinem S-Bahnhof aussteigt, sagt sie, dann wirft meine Nichte in ihrem Kinderbuggy die Beine in die Luft und jauchzt: »Tante, Tante!«

52 Ich mache mir ein Brot. Dick schmiere ich Butter darauf, die beim Streichen ein paar Krümel von der frischen Scheibe mitnimmt. Dann den Quark darüber, nicht zu viel und nicht zu wenig. Schließlich die Himbeermarmelade, rot und schwer glänzt sie, dunkle Flecken schwimmen darin. Nach dem ersten Biß kann ich nie aufhören. Unmöglich, ein Brot mit Quark und Himbeermarmelade beiseite zu legen.
Ich bin gerade so groß, daß ich an der Küchentheke stehen kann. Vor mir liegt ein geröstetes Stück Brot, das ich, auf dem Stuhl stehend, in den Toaster gesteckt habe. Ich möchte, daß der Honig auf dem Brot zu sehen ist. Doch der Honig verläuft. Das Brot saugt ihn auf. Also nehme ich noch einen Löffel. Um den Rand des Toasts bildet sich eine glatte, schwere Pfütze. Als ich Schritte höre, verstecke ich mich schnell in der Speisekammer. Im Dunklen höre ich die Stimme meines Vaters: »Was ist das denn? Ein honigdurchtränktes Brot?« Er geht wieder.
Wenn mein Vater sich die Zähne putzt, dann schäumt es weiß um seinen Mund. Ich möchte diesen Schaum auch haben. »Du mußt die Zahnbürste naß machen.« Es klappt bei mir aber nicht.

53 Beim Mittagessen unterhalte ich mich mit der Sekretärin über die Hitler-Tagebücher. »Haben Sie das drüben eigentlich mitgekriegt? Obwohl – war das überhaupt vor oder nach der Wende?« frage ich. Wir wissen es beide nicht. »*Dirty Dancing* kam aber vor der Wende, ich erinner mich noch an die Schlangen vor den Kinos«, sagt sie.

54 In der Stadt, in der meine Eltern leben, gibt es eine *Gesellschaft*. Welche Menschen dazugehören, ist fest definiert. Titel, Wohnlage, Studentenverbindung. Wenn man leider keinen Titel hat, sollte man wenigstens am Ende auf -*ius* heißen. Das zeigt, daß die Familie alt ist. Eine adlige Mutter hilft ansonsten auch, notfalls ein berühmter Professor zum Vater. Am besten geht es den armen Bürgerlichen, wenn sie eine adlige Mutter haben und selber ein berühmter Professor sind.
Mein Vater wird sich dort keine Affären leisten können, denke ich. Meine Mutter sieht das derzeit anders, sagt meine Schwester.

55 Am Nebentisch in einer Kneipe eine junge Frau. Trotz ihrer Spitzgesichtigkeit hat sie ein gewisses Leuchten. Ich frage mich, ob sie wohl gestern Sex hatte, oder vielleicht heute morgen. Auch, ob sie alleine dort sitzen bleiben wird.

Plötzlich wird sie hübsch, verschwindet dann hinter einem dunklen Mantel. Der junge Mann stellt einen winzigen Aktenkoffer aus Leinen mit Lederkanten neben den Tisch. Später sehe ich, daß ein Buch von Pirandello darin liegt. Sie strahlt. Ihn sehe ich nur von hinten. Sind das graue Haare?

Sie schmusen fast irritierend oft. Im Gespräch hat sie häufig die Hand zwischen die langen, übereinandergeschlagenen Beine geklemmt. Er gestikuliert viel, klatscht sich bei besonders markanten Aussagen auf den Oberschenkel. Als sie zur Toilette geht, wendet er den Kopf immer wieder zur Tür. Von einem fliegenden Händler kauft er die Sonntagszeitung.

Die Klotür öffnet sich langsam, und er versenkt sich in die Lektüre. Sie beugt sich tief über ihn. Wünsche der Herr noch etwas zu bestellen? Er fährt zusammen: »Nein, danke – ach, du bist das!«

Ich spaziere ums Carré, besehe die Schaufenster. Das Paar kommt mir entgegen. Sie ist größer als er, einen Kopf, mindestens. Eng umschlungen gehen sie zur U-Bahn, als hätte es eine Zukunft mit ihnen. Als ich dort mit der Rolltreppe in die Tiefe fahre, hastet der junge Mann mit weit vorgestrecktem Köfferchen empor. Eilig verschwindet er im Gang. Das Mädchen kommt unten um die Ecke, geht auch die Treppe hoch, ein leises Lächeln.

Als ich aus dem Zug steige, werde ich überholt. Das Mädchen. Energisch geht sie an mir vorbei, das Gesicht schon nach links gewandt, bevor sie ihre Schritte auch dorthin lenkt. Etwas in mir will unbedingt an ein bloßes Mißverständnis glauben.

56 Ich stelle mir die Antwort meines Vaters vor: Misch dich nicht in unsere Angelegenheiten. Meine Mutter wird nicht schreiben.

Sie hat mir oft gesagt, ich sei ihr Meisterwerk. Meiner Schwester gestand sie ihre Erleichterung darüber, daß ich nicht zur Terroristin geworden sei. Die größte Angst meiner Mutter aber war, sagt meine Schwester, daß ich eines Tages ein Buch über unsere Familie schreiben könnte.

Meine Schwester sagt, die Frage sei im Auto gestellt worden. Unsere Mutter hätte sie vom Musikunterricht abgeholt und gefragt, zu wem sie denn ziehen wollte, gäbe es eine Scheidung. Sie hätte geweint, die Frage nicht beantworten wollen, und dann doch gesagt: »Zum Papa.« Meine Mutter hätte mit der Faust auf das Lenkrad geschlagen und gesagt: »Ihr begreift eben wirklich gar nichts.«

57 Damen lachen nicht so laut. Sie nehmen keinen Cognac nach dem Essen und selten Schnaps. Betrinken tun sie sich nie. Sie sind höchstens charmant beschwipst. Dann reden sie ein

bißchen lustiger als sonst und tanzen beschwingter. Sie sagen nicht *Gesundheit*, wenn einer niest, und auch nicht vor dem Essen *Guten Appetit*. Das tun Herren übrigens auch nicht. Damen sind zurückhaltend gekleidet und tragen Perlen in den Ohren. Sie sind immer ordentlich gekämmt. Sie reden nicht allzu kluges Zeug, um die Herren nicht zu verschrecken. Schon gar nicht sprechen sie über Politik oder Religion. Sie lassen den Titel weg, wenn sie von Adeligen sprechen, sagen ihn aber selbstverständlich bei der Anrede. Damen schreiben nette Bedankemichbriefe nach einem schönen Fest.
Wenn Damen zu intelligent sind, ist das wirklich sehr schade. Die finden in der Regel keinen Mann.

58 Wir sind von einer Reise zurückgekehrt. Familienbesuche. Meine Mutter findet es nett, wenn die Kinder sich bedanken. »Also, du schreibst bitte an den Onkel und die Tante.« Ich schreibe einen Brief. Darin steht, daß es sehr schön war, daß die Rundfahrt mit dem Onkel Spaß gemacht hat. Die Tante hat schöne Kleider angehabt, und das Essen war gut.
Der Brief gefiel meiner Mutter nicht. Meine Erinnerung sagt mir, sie hätte ihn zu karg gefunden. Aber vielleicht waren auch zu viele Schreibfehler darin. Ich sollte jedenfalls einen neuen schreiben. Also schrieb ich, daß es ganz wunderbar bei meinem Onkel

und meiner Tante gewesen sei, daß ich die Stadt herrlich gefunden hätte und daß die Eindrücke mir unvergeßlich seien. Nach den schönen Tagen bei ihnen sei uns die Abreise schwergefallen, und wir hätten sie vermißt. Trotzdem sei es auf der Weiterreise auch schön gewesen.
Ich weiß bis heute nicht, wie man einen netten Bedankemichbrief schreibt.

59 Wenn ich lese, dann esse ich grüne Äpfel. Lesen und Apfelessen gehört zusammen. Wenn das Buch sehr spannend ist, bitte ich meine Schwester, mir aus der Küche einen Apfel zu bringen. »Bist du lieb?« Manchmal bringt sie mir drei Äpfel. Manchmal sagt sie auch: »Nein.« Nicht nur dafür liebe ich meine kleine Schwester.
Unsere Familie macht Strandferien. Meine Vettern und Cousinen, mein Onkel und mein Vater spielen im Wasser Ball. Ich sitze am Strand und lese. Ich höre meine Tante nach mir fragen. Meine Mutter sagt: »Sie war schon immer so.«

60 In einen Apfel beißen. Den Mund weit aufmachen. Mit den Schneidezähnen oben einhaken, dann den Apfel nach unten verkanten und ein Stück herausbrechen. Das Apfelstück sperrt sich.

Hineinbeißen, kauen, den Saft im Mund spritzen spüren. Er ist kalt und überrascht am Gaumen. Das Kerngehäuse piekst. Mit dem Stiel kann man zwischen den Lippen spielen.

61 Bewegung in der Fensterecke. Lautes Summen. Ich sehe zwei Fliegen im Balztanz. Das Summen wird immer lauter. Dann bemerke ich das Spinnennetz, das von den zwei schwarzen Insektenkörpern ausstrahlt.
Jahre nach der Trennung schickte mir mein zweiter erster Mann eine Einladung zu einem Fest. Ich sagte ab und unterschrieb mit: Die Fliege.
Meine Mutter besuchte meinen Vater. Er war nicht da. Aus Silberfolie formte sie einen Schmetterling. Mein Vater erzählt, er hätte gleich gewußt, wer dagewesen sei.

62 Einmal kam ich nach Hause und klingelte. Niemand öffnete. Beim dritten Mal hörte ich Schritte in der Diele. Meine kleine Schwester machte auf. Ich gab ihr eine Ohrfeige. Sie weinte, denn sie verstand sie nicht. Mir ging es genauso.

63 Traum

Ich gehe in einer Stadt umher. Um mich eine Reisegruppe. Mein Nicht-Geliebter läßt mir einen Zettel bringen, daß er auf mich warte. Ich sehe ihn auf einem Sofa sitzen. Er unterhält sich mit jungen Menschen. Ich setze mich neben ihn. Er legt sich so schräg, daß ich mich in seine Armbeuge schmiegen kann. Meine Schultern sind sehr breit, und er muß sich strecken. Es ist schön, neben meinem Nicht-Geliebten zu liegen.

Seine Frau sieht uns. Sie ruft ihn in ein anderes Zimmer. Er geht zu ihr. Die Frau meines Nicht-Geliebten spricht sehr laut. Sie spricht von mir.

Ich stehe auf und gehe durch ein interessantes Gebäude mit vielen Bildern an den Wänden.

64 Ich erzähle meinem Nicht-Geliebten, daß er in meinem Buch vorkommt. »Natürlich«, sagt er.

65 Fast mein ganzes Leben war ich davon überzeugt, langweilig zu sein. Es war schwierig, ein Gespräch in Gang zu halten. Ich konnte besser zuhören. Was ich hörte, hätte mich interessieren sollen. Sehr spät erst verstand ich meine Langeweile.

Der erste Witz, den ich in meiner Familie erzählte, war sehr ordinär und mäßig lustig. Meine Eltern und meine Schwester bogen sich vor Lachen. Ich erinnere mich an das Gefühl, ihr Staunen hätte überwogen.

66 Wohlig lastet es in meinem Bauch. Ich habe gerade gegessen. Das tröstet. Nudeln mit Käsesauce tun das am besten. Sie sind warm. Schwer ziehen sich die Fäden vom Teller zu meiner vollen Gabel. Wenn er leer ist, liegt die Heimat in mir.

67 Als meine Schwester sich im Lokal mir gegenüber setzte, war sie ganz blaß. Sie müßte mir etwas Wichtiges sagen. Ich beugte mich vor, um ihr strahlend an den Arm zu fassen. »Nein, wie schön, jetzt schon?« Sie winkte ab. Es sei etwas anderes. Sie sei nicht gut darin, solche Mitteilungen zu machen. Deswegen würde sie es jetzt einfach sagen.

68 Ich schreibe gegen die Zeit an. Jeder Tag, an dem kein Brief von meinen Eltern kommt, ist ein Geschenk. Ich will in meinem Vakuum bleiben. Die Zeit ist meine Feindin.

69 Den Vortrag höre ich kaum. Immer noch gehen mir Worte durch den Kopf. »An dir schätze ich doch gerade die Reife«, hatte er gesagt. Und mich dann geküßt. Jetzt sitzt er neben mir, hört zu. Daß er mir auf die Beine schauen kann und gleichzeitig mitdenkt, das kenne ich. Er wüßte, was er an mir haben könnte, das hatte er auch schon gesagt. Beim Essen, später, lege ich ein Bein über seinen Oberschenkel, während ich mich auf der anderen Seite unterhalte. Er lehnt sich zurück. Sein Gesprächspartner soll das sehen.
Wir gehen als letzte. Vor der Tür flüstert er mir ins Ohr: »Ich möchte dich so gerne küssen und lecken, du weißt schon.« Wir gehen hinauf. Es ist wie immer. Er streichelt mich und küßt mich, leckt und saugt und schlürft. Mein Kopf liegt mal auf dem Kissen, mal hängt er über der Bettkante ins Leere. Dann zieht er mich hoch und fängt von vorne an.
Es ist nicht wie immer. Am Morgen bringe ich ihn zum Taxi. Gehe dann sofort weiter. Kein Umdrehen zum Winken.
Als wir unser einziges Wochenende miteinander verbrachten, las ich Borchardts *Leidenschaftlichen Gärtner*. Üppig wuchsen die Blumen auf meinem Balkon. Kornblumen, Margeriten, Malven. Ich holte ihn vom Bahnhof ab. In meiner Wohnung fragte er: »Sind das Kirschen?« Wir aßen sie. Die Lesung abends war diesmal nur ein Vorwand. Gegen Ende hielten wir Händchen. Er legte den Arm um meine Schultern, als wir außer Sichtweite des Lokals

waren. In meiner Wohnung nahmen wir uns Zeit. Er zog mich aus, ich ihn.

Von der Nacht weiß ich nicht mehr viel. Vielleicht will mein Vergessen sie vor mir schützen.

Nachdem ich ihm am Bahnsteig gesagt hatte »Vergiß mich nicht«, kehrte ich nach Hause zurück. In der Küche fand ich drei zerknüllte Reservierungskarten. Zärtlich glättete ich sie. Meine Genossinnen. Um 11:16 und um 14:00 Uhr also waren die Plätze 33 und 52 freigeblieben. Vielleicht hatten sich zwei Passagiere dieser Züge darüber gefreut – gewiß aber diese Geliebte.

Im Bett liegen zwischen meinen Haaren andere. Das eine ganz kurz, ein kleiner Bogen mit einem spitzen Ende. Aus einer Augenbraue? Ein weiteres rätselhaft. Zu lang, um von seinem Bürstenschnitt zu stammen. Ich kann mich schon nicht mehr erinnern, ob er Haare auf der Brust hat. Eines aber kenne ich: krumm und rund gewachsen, hätte es eine Locke auf einem Kleinmädchenkopf gewesen sein können, bevor es in meine Laken fand. Wäre es nicht so weiß. Ich finde es nur, weil es vor einer dunklen Senke im Kissen hängt.

70 Eine Taube läuft im Kreis auf der Straße. Naht ein Auto, verschwindet sie zwischen den parkenden Wagen. Dann kehrt sie wieder an ihren Ort zurück. Sie geht herum und herum, mal stockt, mal eilt sie. Ab und zu ändert sie die Richtung, einen Viertelkreis lang. Ihr Gurren dringt zu mir. Ich sehe, daß sie um einen grau-roten Fleck auf dem Asphalt kreist. Irgendwann ist sie nicht mehr da, obwohl ich sie nicht wegfliegen sah.

71 Eine Frau ist von einer Reise zurückgekehrt. Sie stellt die Koffer im Eingang ab. Das Haus ist dunkel, heiß. Das findet sie merkwürdig. Sie wundert sich auch, wie unaufgeräumt ihr Zuhause ist. Ich sehe sie ins Bad gehen, um sich die Hände zu waschen. Auf dem Boden liegen Haare. Dunkle Haare. Sie bückt sich. Schaut sie sich an. Nimmt einen unruhig gebogenen, störrischen Draht in die Hand.

72 »Männer sind wie Jagdhunde: Steht erstmal der Schwanz, versagt der Verstand.«
Mein Nicht-Geliebter ruft mich am nächsten Tag noch einmal an. »Erstens sind Jagdhunde treu.«
Ich komme gegen diese Liebe nicht an.

73 Als ich aus dem Krankenhaus zurückkam, hatte meine Mutter die Wohnung aufgeräumt und die Wäsche gebügelt. Alles lag auf einem Stapel in der Küche. Etwas in meine Schränke zu tun, hatte sie nicht gewagt. Ich sehe sie zwischen meinen geschlossenen Türen wohnen.
Am ersten Tag im Büro der Kalender. Seit drei Wochen veraltet. Ich reiße einen Stapel Blätter ab. Halte das Bündel Vergangenheit in der Hand. Wie soll ich es wegwerfen? Ich schäme mich meiner Undankbarkeit. Gerade erhielt ich mein Leben zurück, und ich trauere um einundzwanzig Tage.

74 Ich sage, ich liebe. Das ist das Versprechen. Nun muß ich handeln, daß das Wort Existenz gewinnt. Sagt Jean-Luc Godard. Mein Leben diktiert sich mir neu. Wenn ich Glück habe, kann ich es festhalten.
Meine Mutter schenkte mir ein Seidentuch. Es leuchtete in vielen Farben. Mein Vater hatte es ihr einmal mitgebracht. »My daughter needs bright colors«, sagte meine Mutter.

75 Ein Paar sitzt auf dem Balkon. Ein Mann und eine Frau. Sie unterhalten sich leise. Sie fragt: »Und dann?« Er nimmt einen Schluck aus seinem Whiskeyglas. »Und dann bin ich nach Hause geflogen.« Sie sprechen bis tief in die Nacht.
Die Invasion ist beendet. Die Frauen meines Vaters sind angekommen, richten meine Erinnerung neu. Ich wache schwer auf, verstört von Träumen.

76 Der Leiter einer Singles-Agentur erzählt: »Na ja, wir sind ja eine große Familie. Unser Slogan ist ja *Wir machen aus Fremden Freunde*. Und irgendwie – das spürt man ja dann irgendwie, daß da ein größerer Zusammenhang ist, daß die Leute zusammengehören. Wenn man den Generaldirektor und den Straßenkehrer auf das Wesentliche reduziert, bleibt doch immer ein Mensch.«
Er wirft mir einen Blick zu. »Wir wollen den Kontakt zwischen netten Menschen befördern. Das muß man ganz locker sehen.«
Er macht eine weite, umarmende Geste.
Bei einem Floristen hängt ein Diplom an der Wand. Das Seminar hieß *Mit weniger Mühe zum Verkaufserfolg durch mehr Menschlichkeit im Verkaufsgespräch*.

»Die Menschheit« ist ein zoologischer Begriff oder ein leeres Wort.
Oswald Spengler

77 Im Spiegel: Ich. Unter einer Wolke Zellophanpapier. Die Erinnerung schlägt zu. Ich sitze im Auto, neben mir meine Schwester. Wir stehen im Stau. Ein Mann lehnt sich aus dem Fenster zu meiner Mutter: »Sie haben eine sehr schöne Tochter.« Meine Mutter sagt: »Ich weiß.«
Ich erzähle meinem Vater von meinen Verehrern. »Was du alles über die Männer meines Alters weißt«, sagt mein Vater. Ich hatte ihm etwas von Testosteron erzählt.
Ich bin zwölf. Meine Hand liegt in der meines Vaters. Wir gehen spazieren. Im Wald frage ich ihn: »Papa, hattest du schon mal Freundinnen vor der Mama?« Er weicht mir aus. Gert Neumann sagt, der Wortsinn verschwindet im Verstehen. Wie viele Sinnböden hat *vor*?

78 »Sie haben ein Versprechen, daß die Herren Sie sehr lieben«, sagte mir eine Dame zum Abschied. Dabei hatte ich mit ihrem Mann gar nicht geflirtet.
Mein Nicht-Geliebter erzählt mir, er hätte sich damals die *Mitteilung an den Adel* gekauft.

79 Die Stimme meiner Mutter: »Dreh dich mal um.« In meiner Erinnerung sagt sie nicht »Guten Morgen«, obwohl das eigentlich unmöglich ist, daß sie nicht »Guten Morgen« sagt. Ich drehe mich also um. »Was ist das denn? Du siehst ja aus wie ein Lumpensammler.« So darf ich nicht in die Schule gehen, sagt sie. »Und kämm dir noch mal die Haare, wenn du schon oben bist.«
Mein Nicht-Geliebter sagt: »Es gibt eine unumstößliche Tatsache. Du bist die Frau meines Lebens. Wie wir damit umgehen, wird sich weisen.« Er sagt mir auch, es würde ihm besser gefallen, wenn ich Kostüme trüge.
Ein Student fragt mich, ob ich in seine Wohngemeinschaft ziehen möchte. Ich erzähle es meiner Mutter. Sie sagt: »Wenn du mich liebst, dann zieh nicht mit einem Mann zusammen.«
Meine Schwester ist sehr niedlich. Man sieht ihr früh an, daß sie einmal eine schöne Frau sein wird. Ich bin die kleinere von uns beiden, zu dick, und trage eine Brille. Auf Familienfesten fragt man mich, wessen Tochter ich bin. »Ach so.« Eigentlich endet das mit einem Fragezeichen: »Tatsächlich? Ach ...«
Meine Mutter setzt mich auf Diät. Sie gibt mir morgens Knäckebrot, mittags Nüsse und abends einen Salat. Ihr macht das Freude, mich zu versorgen.
Mein Vater tanzt mit meiner Schwester. Wir sind an Straßenmusikanten vorbeigekommen, er hat sie gepackt und wirbelt mit ihr über den freien Platz. Ich hätte gerne gehabt, daß er auch

mich auffordert. Er geht auf meine Mutter zu. Sie lehnt ab. Wir gehen weiter.
Ein Friseurladen. Ich gehe hinein. Der alte Mann begrüßt mich freundlich. Sein Kompagnon grinst. Der alte Friseur fragt mich, ob ich wie mein Vater eine lange Tolle in die Stirn haben möchte. »Wie mein Vater«, sage ich. Kurz danach beschließe ich, mir die Haare wachsen zu lassen. Als ich fünfzehn Jahre später den Zopf abschneide, gefällt das meinem Vater nicht. Er schweigt, als er mich sieht. Meine Mutter wünscht sich später zum Geburtstag, daß ich mir wieder die Haare im Nacken frisiere. Ich erzähle meiner Freundin davon. Sie hatte mir einmal geschrieben: »Ich halt mich fest an Deinem Zopf.«

80 Ich zeige diesen Text meinem/meiner Mitbewohner/in. Mein/e Mitbewohner/in findet ihn nicht gefühlvoll genug. Es sei nicht klar, wie ich zu den Menschen in ihm stehe. Mein/e Mitbewohner/in sagt: »Ich finde diese Geschichte schrecklich!« und nimmt mich in die Arme. Ich liebe meinen/meine Mitbewohner/in.

et nox quasi dies lucet
similes sunt tenebrae et lux
Ps 139

Mein Nicht-Geliebter denkt über mich nach, schreibt er. Er hält meine Erziehung für eine unbestätigte Konstruktion. So steht es in seinem Brief. Vielleicht aber hat er nur das Relativpronomen falsch gesetzt. Es kann sein, daß er die Aussage, mein Vater habe sich aus meiner Erziehung herausgehalten, für eine unbestätigte Konstruktion hält.
Zu einer Buchpräsentation begleitet mich eine Bekannte. An der Tür fragt sie: »Du bist doch bestimmt jemand, die immer einen Kamm dabeihat – könntest du ihn mir bitte mal leihen?« In meiner Handtasche hat es noch nie einen Kamm gegeben.

81 Ich schickte einem Mann eine Einladung. Wie er reagieren würde, interessierte mich. Die Zeit zwischen dem Abschicken der Postkarte und der Absage des Postkarten-Empfängers nutzte ich, um meine erste Geschichte zu schreiben.
Es war nicht meine erste Geschichte. Meine erste Geschichte schrieb ich mit neun Jahren. Sie handelte von zwei Elefanten, glaube ich. Der eine hieß Toto. Suchte ich das kleine orangene Heft, würde ich meine Geschichte vielleicht finden.
Meine Eltern haben auf meinen Brief nicht reagiert. Ich schickte ihn in zwei Umschlägen, ein identisches Exemplar an jeden. In dieser Sache herrscht weiterhin Schweigen. Ich bin dankbar für die Zeit mit meiner Vergangenheit.

Mein Nicht-Geliebter ruft nicht an. Seit zwei Tagen. Ich glaube, er will mich prüfen. Oder er will mich strafen. Ich hatte ihm gesagt, er solle nicht ausgerechnet vor der Nase seiner Frau mit mir telephonieren. Und im übrigen solle er seine Beziehung klären. Vielleicht tut er das gerade. Vielleicht hat sein Schweigen nichts mit mir zu tun.
Mein/e Mitbewohner/in fragt, warum ich über einen Mann nicht schreibe, den mein/e Mitbewohner/in kennt. Jahre, und kein Wort über ihn. Mein/e Mitbewohner/in fragt, wie sich die Liebesbeziehung entwickelt hat. Damals. Gemeint ist: warum ich ihn geliebt habe. Ich weiß nur noch, daß ich ihn sehr geliebt habe. Und daß die Trennung von ihm das größte Geschenk war, das ich mir je hätte machen können. Jetzt habe ich also über ihn geschrieben.

82 Meine Freundin, die Schriftstellerin ist, sagt mir, ich sollte über Dinge schreiben, bei denen ich Schmerz spüre.

83 Ich lese meine Geschichte über Toto und den anderen Elefanten, an dessen Namen ich mich nicht erinnern kann, meinen Cousinen vor. Meine Cousinen unterbrechen mich mit Fragen. Ich sehe an ihren Blicken, daß sie sich über mich lustig machen.

Schließlich lachen sie. Ich will, daß sie meine Geschichte hören. Ich lese lauter.
Ich lade zu einem Vortrag ein. Den Postkarten-Empfänger auch. Er ruft »Wie schade!« und bedauert sehr, aber. Wenn er die Stimme hebt, ist die Zugbrücke schon hochgestellt.
Meine Schwester sagt, meine Eltern hätten meinen Brief nicht erwähnt. Sie hat ihn gelesen. Er ist gut, sagt sie. Wir sprechen über unsere Eltern. Ich weiß zwei Stunden später nicht mehr, was wir gesagt haben.

84 Den One-night-stand konnte ich nicht anrufen. Ich schrieb Briefe und eine Rezension. Die Briefe liegen in einem Kästchen in meinem Regal. Die Rezension wurde gedruckt. Ich ließ ihm ein Exemplar zukommen.
»Kennen wir doch alle, diese Verunsicherung: Da hüllt sich, nach stürmischer, pfeilgerader Eroberung, ein Verehrer (für den man mittlerweile selber auch ein bißchen schwärmt, obwohl man das natürlich ü-ber-haupt nicht wollte und es obendrein nie, aber auch nie zugeben wird) hartnäckig in Schweigen. Keine Nachricht auf dem Anrufbeantworter, aus dem Postkasten fallen nichts als Rechnungen, und die eine einzige e-mail, die man nach endlos scheinenden sechs Tagen aus dem Internet fischt, ist eine Einladung zu irgendeinem Kongreß. Was geht da

vor? Eine Prüfung der eigenen Beständigkeit? Der Leidensfähigkeit? Oder soll getestet werden, wann man endlich klein beigibt, die anerzogenen Konventionen in den Wind schreibt und mit einem leise gebrummten *Schon gut, schon gut, ich will dich ja auch* die Nummer heraussucht und unter irgendeinem unsinnigen Vorwand (›Ich hätte da noch eine Frage bezüglich der Korrektur auf Seite 7‹) der Sekretärin die Bitte um einen Rückruf diktiert? Genauso ist doch unser Verhältnis zur Sprache, dieser kapriziösesten aller Geliebten.«

Auf dem Anrufbeantworter hörte ich später, der One-nightstand habe gerade eine wunderbare Rezension gelesen, die ihn natürlich auch sehr betroffen gemacht habe. Aber er hätte sowieso anrufen wollen, das sei nicht das Problem gewesen. In den letzten Tagen sei er nur fast immer unterwegs gewesen. Er versuche aber auch noch, mich möglichst bald zu erreichen. Wenn es ginge, irgendwie so gegen sechs. Bis dann. Tschüß.

Drei Stunden später fällt mir die Geschichte meiner Schwester wieder ein. Die mexikanische Stewardeß schenkte meinem Vater ein Buch zum Abschied. Es stand bei meinen Eltern im Regal. In der Widmung sei von *Darling* die Rede gewesen. Ich möchte dieses Buch sehen. Die einzige Frage an meinen Vater, die eine Chance auf Antwort hat, wäre nach dem Buch. Ich möchte den Titel wissen, den Autor, es lesen. Es ist möglich, daß mein Vater es gelesen hat. Das lerne ich in diesen Tagen.

85 Der kleine Elefant Toto

Es war einmal im indischen Dschungel ein kleiner Elefant, der hieß Toto. Toto hatte Vater, Mutter und Geschwister. Sein Vater hieß Jumbo, seine Mutter Jumbolina, und seine Geschwister hießen Tibi und Tobo. Der einzige Fehler an Toto war, daß er sehr, sehr neugierig war. Eines Tages, als Familie Jumbo Mittag gegessen hatte, meinte Mutter Jumbolina: »Wie wär's, wenn wir einen Spaziergang machen? Die frische Luft wird uns gut bekommen.« Die Kleinen stimmten lebhaft zu, während Vater Jumbo sagte: »Geht ohne mich, ich mache ein Mittagsschläfchen.« »Aber ohne dich sind wir verloren«, rief Mutter Jumbolina aus. »Ich gebe dir einen Rat«, sagte Vater Jumbo. »Geh doch zu deiner Freundin Ella.« »Das ist eine gute Idee«, sagte Mutter Jumbolina, setzte ihren Strohhut auf und ging mit ihren Kindern fort. Mutter Jumbolina wurde von Ella sehr herzlich empfangen. Leider gerieten Tibi, Tobo und Toto in Streit, weil jeder der stärkste und mutigste sein wollte. Daher kam es, daß Mutter Jumbolina mit ihren drei Kindern wegging. Da hörten sie plötzlich etwas brummen. Toto war ja sehr, sehr neugierig und lief dem Gehör nach, zu dem Brummen – da half kein Rufen und kein Trompeten –, bis er ihren Blicken entschwunden war. Toto lief eine halbe Stunde, bis er von den Zooleuten gefangen wurde. Dann fuhr er in ein fremdes Land. Dort wurde er in den Zoo gebracht, in dem die Männer arbeiteten. Es gab aber einen

Wärter, der die Sprache der Tiere verstand. Toto fand das bald heraus und bat den Wärter, ihn herauszulassen. Der Wärter ließ sich alles erzählen, und weil er fand, es sei unfair von den Menschen, einen Elefanten einzusperren, der nur aus purer Neugier in die Falle gelaufen war, ließ er Toto wieder frei. Toto bedankte sich herzlich bei dem Wärter und lief geradewegs nach Hause.

86 Ich stelle mir vor, wie ich am Regal meiner Eltern ein Buch herausnehme. Auf dem Vorsatzblatt lese ich in meiner Phantasie eine Widmung. *Alles Gute für Deine Zukunft, mein Darling. Danke für die schöne Zeit.* Es ist nicht die Handschrift meiner Mutter. Ich meine ihr Lachen zu hören. »Das ist von Vaters Geliebter.« Ich lache und stelle das Buch zurück. Wir lachen in meiner Imagination miteinander über ihren sehr gelungenen Scherz.

Mein Nicht-Geliebter ruft schon den dritten Tag nicht an. Ich hinterlasse ihm eine Nachricht. Wenn ich etwas Falsches gesagt hätte – es täte mir leid. Meine Freundin habe ich in letzter Zeit nur kurz gesprochen. Als ich heute abend Zeit gehabt hätte, war sie nicht da.

87 *Name? Vorname? Adresse? Welches Datum haben wir heute? Wie heißt der deutsche Bundeskanzler?* Wer diese Fragen beantworten kann, hat immerhin die Chance, nicht in die geschlossene Abteilung eingewiesen zu werden.

Ich lerne eine Frau kennen, die behauptet, Unglück kenne sie nur aus Büchern. Sie ist Schriftstellerin. Als ich sie frage, ob ihre Mutter ihre Bücher läse, lacht sie. Nein, nur ihre Kurzgeschichten. Die hätte sie jedenfalls mal angefangen. Aber die Mutter lese überhaupt die Bücher ihrer Kinder nicht.

Meine Großmutter wurde in einer Klinik nach den Namen ihrer Kinder gefragt. Sie erzählt, sie sei nur auf vier gekommen. Sie kann sich aber nicht erinnern, welches ihrer fünf Kinder sie nicht nennen konnte.

88 Meine Mutter hat in das Buch der glücklichen Schriftstellerin hineingeschaut. Es gefiel ihr überhaupt nicht. Sie fand es rührselig. Am Anfang des Buches gesteht ein Mann seiner Frau eine Affäre.

In einem Fragebogen finde ich: »Ich lese Bücher, weil mein Mann sich nicht mehr um mich kümmert.«

Mein Nicht-Geliebter ruft an. Er könne mit dieser Gespaltenheit nicht mehr leben, sagt er. Vor einigen Monaten hätte er vielleicht noch den Schwung gehabt. Aber jetzt sehe er seine Pflichten, auf

die ich ihn ja schließlich hingewiesen hätte. Die Richtung, in die er jetzt gehe, hätte ich ihm gezeigt. »Bin ich also selber schuld«, sage ich. Er lacht. Das Gespräch wird unterbrochen. Als er noch einmal anruft, kann ich nicht ans Telephon gehen.
Unter der Dusche habe ich schon oft geweint, erinnere ich mich. Als ich zum Studium in ein fremdes Land zog, in dem es morgens nicht hell wurde, zum Beispiel. Ich ging durch das dunkle Haus in den Keller, warf eine Münze in den Automaten und stellte mich in die Kabine. Das Wasser auf meinen Schultern, meinem Rücken war warm. Das Rinnen auf meinem Gesicht auch. Ich drehte mich um, damit ich wieder ganz wurde.
Später ruft mein Nicht-Geliebter erneut an. Er will den Kontakt nur aussetzen. Zwei Monate. Wie ich vorher um zwei Monate gebeten hatte. Mein/e Mitbewohner/in lacht. »Nicht schlecht, der Knabe. Jetzt wirst du so um ihn leiden, wie er um dich gelitten hat.« Ich muß auch lachen.

89 Wenn ich den Becher mit Tee und Milch an den Mund setze, dann liegt der Rand warm auf der Unterlippe. Der erste Schluck läßt meine Zunge pelzig werden, danach kommt ein prickelnder Schmerz. Am hinteren Gaumen und im Hals bleibt die Hitze lange nach. Ich habe zu früh getrunken. Es ist ein Becher aus Emaille. Ich benutze ihn, weil er so groß ist. Mein/e Mitbewoh-

ner/in macht sich über seine Häßlichkeit lustig. Doch gerade die tröstet mich auf eine Weise, die ich nicht erklären kann. Vielleicht ist es auch der Tee, der mich tröstet.
Ich gehe in die Küche und setze Wasser auf. Während der Wasserkocher immer lauter rauscht, tue ich drei Löffel Tee in das Sieb der Glaskanne. Dann zünde ich mir eine Zigarette an und warte, daß die rote Lampe am Gerät mit lautem Klicken ausgeht. Kleine Tröpfchen springen aus der Schnute, wenn das Wasser kocht. Ich stelle den Deckel auf und gieße das Wasser in die Kanne. Die Teeblätter entfalten sich schnell aus den ovalen Körnchen. Das Licht unter der Kanne zünde ich an, während der Tee noch zieht. Ich nehme das Sieb mit spitzen Fingern, tauche es einige Male auf und ab. Rötlich braun leuchtet es in der Kanne, mit gelben Kreisen, die von der Flamme der kleinen Kerze stammen.

90 Auf einem Kongreß gibt es nach dem Abendessen immer das sogenannte Gesellige Beisammensein. Bis zum Salon komme ich nicht. Ein Gespräch entsteht im Korridor. Der Ordinarius erklärt mir, er schreibe jeden seiner Artikel selbst auf der Maschine. Einen Computer besitze er gar nicht, und tippen könne er auch nicht. »Jeder Brief ist mit diesem Finger geschrieben.« Er reckt den Zeigefinger empor. Ich umfasse ihn in meiner Hand. »Mit diesem Finger?« Wir lachen.

91 Lieber,
nun bist Du also für weitere zwei Monate nicht in meinem Leben. Tit for Tat. Ist das eine Rache? Zwei Monate Ruhe wollte ich, sieben Wochen nun Du. »Wenn das Spielzeug weggenommen worden ist, dann war das gerade das schönste«, sagtest Du. Und strittest gleich jegliche Bitterkeit ab, die ich daraus zu hören meinte.
[…]
Es gibt schon Anfänge. Dieser Brief ist einer.
Ich werde ihn nicht abschicken.

92 Die Dinge gewinnen ihre eigene Realität, stehen sie einmal auf dem Papier. Unverrückbar ragen Erinnerungen monolithisch aus dem Sumpf hervor. Monument Valley. Es sind jetzt meine Säulen. Ich reagiere eifersüchtig, will jemand an ihnen zweifeln.

93 Empfangsprotokoll
von Fax + 494035718749 an Fax + 492188755401, 14:53 Uhr
Publikationen aller Art: Romane, Artikel, Vorträge, Dissertationen, Interviews gelten nicht als Kontakte, da sie einem allgemeinen Publikum zugänglich sind. Bitte verzeih.

94 Liebe Tochter,

Schreiben ist eine Kunst, die Du offensichtlich vorzüglich beherrschst.

Zu entscheiden, ob man schreibt, ist eine noch größere Kunst. Denn es gilt, sich darüber klar zu sein, welche Wirkung das Geschriebene auf den Empfänger, aber auch auf den Schreiber selbst hat. Darüber hinaus muß der Schreiber sich seiner Informationen absolut sicher sein.

Ich danke Dir für Dein Schreiben.

Ich habe Verständnis dafür, daß Du Deine Gedanken zu Papier bringen möchtest. Jedoch ist hier bei Schreiber und Empfängern zementiert worden, was dessen nicht wert, weil unzutreffend ist. Mich hat Dein Brief traurig gemacht. Er überzeichnet. Er hilft nicht. Habe bitte Verständnis dafür, daß ich so deutlich bin. Ich bin ehrlich und denke, es mit Dir sein zu können.

Ich möchte hiermit nicht eine Korrespondenz fortführen, keinesfalls. Hingegen würde ich mich gerne gelegentlich mit Dir unterhalten. Es stimmt, daß Deine Mutter und ich schwere Zeiten gehabt haben. Nachdem wir wieder auf bestem Wege waren, wie in alten Zeiten, gab es bei unserem letzten Besuch bei Dir einen Einbruch, der offensichtlich Anlaß dafür war, Dich in die Angelegenheit einzubeziehen. Auch darüber können wir uns unterhalten.

Es grüßt Dich Dein Vater.

95 Danke für das Kompliment.
Die Frage, ob ich schreibe, existiert für mich nicht mehr – es ist eine Notwendigkeit. Was ist mit der Wirkung, die Taten auf diejenigen haben, die von ihnen betroffen sind? Und: Vielen Dank für die Fürsorge – mir geht es beim Schreiben bestens. Schreiberin, übrigens, bitte, Deine Tochter ist Feministin; und wenn ich von Dritten Informationen bekomme, dann liegt das wohl nicht an mir, sondern an denen, die sie mir vorenthalten.
Bitte, gern geschehen.
Schön. Das mit dem *zementieren* kann ich wohl nachvollziehen, aber was bitte ist unzutreffend? Tut mir ja leid für Dich, aber was hat Eure Lüge denn mit mir und meiner Stimmung gemacht? Das würde mich schon interessieren, worin meine paar trockenen Aussagen überzeichnet sind. Ich weiß gar nicht, ob ich Euch überhaupt helfen wollte – davon habe ich eigentlich die Nase gründlich voll. Besonders deutlich finde ich das alles nicht, aber wenn Du mein Verständnis willst, bitte sehr – hier ist es. Schön, wenn Du ehrlich bist – war ja auch höchste Zeit.
Feigling. Was heißt hier *gelegentlich* – so bald wie möglich, bitte!
Aha. Moment mal – jetzt ist der Besuch bei mir auch noch schuld daran, daß Ihr Eure Krise habt? Schön – unterhalten wir uns also auch darüber.
Ich Dich auch.

96 Lieber Vater, vielen Dank für Deine Antwort auf meinen Brief, auf die ich seit vierzehn Tagen warte. Und ich danke Dir auch für das Angebot auf ein Gespräch, auf das ich wohl seit fünfunddreißig Jahren warte. Ich denke, wir können uns dabei auf das Thema beschränken, das mich am meisten interessiert: Deine Frauen. Von einer Unterhaltung bin ich da eher weniger überzeugt. Lieber wäre mir, Du erzählst und ich höre zu.
Einen kleinen Irrtum möchte ich allerdings doch beheben. Ich bin nicht erst seit neuestem »einbezogen« in Eure Ehehölle.
Also von mir aus: Reden wir miteinander. Es ist höchste Zeit.

97 Ich kaufe mir Videos. *Killing Fields*, *Apocalypse Now*, *Rumble in the Jungle*.

98 Lieber Vater,
vielen Dank für Deinen Brief. Insbesondere danke ich Dir für das, was Soziologen wohl ein *Gesprächsangebot* nennen. Ich nehme es natürlich gerne an. Was hältst Du von einem Telephonat dieses Wochenende? Sonnabends habe ich meine Besorgungen meistens gegen 14:00 Uhr hinter mich gebracht. Würde Dir das passen? Herzlich, Deine Tochter

99 FROM: INTERNET:3224.789@t-online.de

TO: [101730,3650]

DATE: 11. Mär 1:37:02

RE: Re: Vortrag

Danke Dir, nicht nur für den Vortrag, sondern vor allem, daß Du mir meine Unfreundlichkeit nicht nachträgst. Durch diesen Bruch meiner selbst vorgeschlagenen Funkstille wird das, was zu verzeihen ist, sicher nicht geringer. Ich bin wohl über Nacht zu einem inkonsequenten Menschen geworden – also zu jemandem, den ich früher verachtet hätte.

Den Vortrag muß ich noch genauer lesen, finde aber schon sehr gut, wie wenig Du die Heftromane literaturkritisch in die Pfanne haust, was ja ein leichtes wäre. Literatur soll doch, so sehe ich es jedenfalls, vor allem unterhalten.

FROM: , [101730,3650]

TO: INTERNET:3224.789@t-online.de

DATE: 11. Mär 10:36:02

RE: Re: Vortrag

Lieber, jetzt sei mal konsequent, alles andere tut Dir nicht gut. Mir auch nicht. Den Aufsatz schickte ich, weil ich ihn versprochen hatte. Alles Gute.

100 Meine Schwester sagt, ich sollte nicht zuviel erwarten von dem Gespräch. Mein Vater streite mittlerweile alles ab. Sie befürchtet einen Vulkanausbruch. Einen Bruch in der Familie. Ich sage: »Den Gefallen tue ich denen nicht, daß ich mich wieder in die Verrückten-Ecke stellen lasse.« Meine Schwester möchte die Briefe lesen. Ich sage ihr, mir wäre eines das wichtigste: daß wenigstens wir Schwestern zusammenhalten.

Wenn meine Mutter meinen Vater auf einer Dienstreise begleiten durfte, wurden wir bei ihren Freunden untergebracht. Sie wurden *Vize-Eltern* genannt. Ich war bei einem älteren Ehepaar mit erwachsenen Kindern, meine Schwester kam zu unserer Tante. Deren Töchter studierten. Einmal holten mich die Vize-Eltern meiner Schwester, also meine Tante und ihr Mann, am Wochenende zu sich. Meine Schwester und ich spielten Tischtennis miteinander, und ihre Vize-Mutter zeigte mir, wie man eine Weste näht. Ich ging sonntags in die Kirche meiner Vize-Eltern. Die Jugendgruppe der Gemeinde nahm mich zu Ausflügen mit. Als man mich fragte, warum ich denn bei ihnen sei, antwortete ich: »Weil meine Eltern mich sitzengelassen haben.« Meine Schwester lernte bei unserer Tante Kuchenbacken. Es wurde ein Photo davon gemacht. Zwei kurze Zöpfe stehen ihr quer vom Kopf ab, und sie strahlt in die Kamera. Vor ihr stehen zwei *Cherry Pies* auf einem niedrigen Tisch. Die Früchte glänzen rot in der Sonne. An dieses Bild hatte ich mich erst kürzlich erinnert. Ich rief meine

Schwester an und fragte, ob sie auch noch davon wisse. Sie sagte ja und wollte es suchen. In der Zwischenzeit wird sie es vergessen haben.

Einmal im Jahr bekamen wir von meiner Tante die alten Kleider unserer Cousinen. Für die Schule. An Wochenenden zogen wir abgewetzte Jeans und Sweatshirts an, um die Schulkleider zu schonen. Die dritte Kategorie Kleider trugen wir sonntags in die Kirche. Meinen ersten neuen Rock kaufte mir meine Mutter, als ich vierzehn war.

Sie sagte meiner Schwester, die Freundinnen meines Vaters seien sehr kostspielig gewesen.

101 Benjamin Britten, *Johnson over Jordan*. Insbesondere, aber nicht nur, *Lento quasi Blues*.

102 Und Mary Howitt, *The Spider and the Fly*
»Will you walk into my parlor?« said the Spider to the Fly,
»'Tis the prettiest little parlor that ever you did spy;
The way into my parlor is up a winding stair,
And I have many curious things to show you when you are there.«
»Oh no, no«, said the Fly, »to ask me is in vain;

For who goes up your winding stair can ne'er come down again.«

103 Ich glaube, ich hatte dieses Buch tatsächlich in der Hand. Ich las den Text auf dem Vorsatzblatt und pfiff durch die Zähne. »Was ist das denn für eine überschwengliche Widmung?« fragte ich meine Mutter. »Das hat Vaters Sekretärin ihm zum Abschied geschenkt«, sagte meine Mutter. »Jungejunge, ganz schön beliebt bei der verknallten Tante, unser Vater.« Erst da lachte meine Mutter. Das Gespräch war ihr peinlich, merkte ich, oder vielleicht mochte sie meine grobe Sprache nicht. Also stellte ich das Buch zurück.
Hat es diese Szene je gegeben? Ich weiß es nicht mehr. Seit ich sie aufgeschrieben habe, ist sie für mich Realität.

104 Ich gehe gerne Kleider einkaufen. Allein. In einer Boutique muß die Verkäuferin nur ausreichend nett zu mir sein, dann kaufe ich willenlos alles, was sie mir anschleppt. Ich bin verführbar. Neue Kleider sind reines Lebensglück.
Die schöne Verkäuferin steht am Vorhang meiner Umkleidekabine. Sie hält einen Pullover in der Hand und einen Rock. Weich fließt der gestrickte Stoff über ihren Arm. »Das dürfte

Ihnen ganz toll stehen, schlüpfen Sie doch hier einmal hinein.« Ich nicke. Sie steht immer noch im Rahmen. Ich ziehe mich aus, nervös unter ihrem Blick. Meine Haut spürt die Kühle, und doch liegt mir eine Wärme auf dem Gesicht. Als ich die Hand nach dem Pullover ausstrecke, gibt sie ihn nicht her. Sie will ihn mir überstreifen, sagt sie. Das geht nicht ganz so sachlich vonstatten, wie ich es gewöhnt bin. Aber ich bin das ja auch gar nicht gewöhnt, fällt mir dann ein. »Sehen Sie, hier sitzt er wirklich ganz ausgezeichnet«, sagt sie und faßt mir an die Taille. Meine Stelle. Woher kennt sie die? Als sie mir die Schulter noch einmal zurechtrückt, streift ihre Hand leicht eine Brust.

[...]

Mein letzter Gedanke ist, daß jetzt hoffentlich niemand in den Laden kommt. Dann explodieren Sterne.

105 Statt meines Vaters ruft meine Mutter an. Sie dankt für das Geburtstagsgeschenk. Dann aber: mein Brief. Schwere Zeiten seien es gewesen, das wohl. Vom Vater spricht sie nachsichtig. Gelegenheiten hätten sich ergeben, denen er nicht habe widerstehen können. Er hätte sich von diesen Frauen nicht alleine lösen können. Wenn er einmal in einer Sache drin gewesen sei, hätte er nicht mehr herausgefunden. Mein Vater brauche Hilfe. Die Stewardeß hätte er fast zwanzig Jahre gekannt. Sie hieße Ma-

ria und stamme aus Mexiko. Sie hätte zwei Katzen gehabt, eine hätte Salim geheißen, an den Namen der anderen könnte sie sich nicht erinnern. Sie hätte einmal bei der Stewardeß angerufen, den Anrufbeantworter erwischt. Eine Piepsstimme hätte »Meow, meow, I am so lonely« gesagt. Mein Vater hätte gelacht, als sie ihn auf die mangelnde Eleganz dieser Nachricht angesprochen hätte: Maria habe sich da doch etwas Originelles einfallen lassen.
Geliebt hätte er diese Frauen übrigens nie. Völlig ausgeschlossen. Er sei eben ein streunender Kater. Sie vergleicht ihn mit einer Figur aus dem Musical *Cats*, an deren Namen sie sich aber gerade nicht erinnern kann.
Sie wäre nie eifersüchtig gewesen. Vielmehr hätte sie sich immer gefreut, wenn Frauen auf ihn geflogen wären, hätte sich gedacht: »Das ist mein Mann.« Eifersucht, das sei etwas für die kleinen Leute.
Alleinstehende Frauen, die seien die gefährlichsten. Die hätten kein Gewissen. Und diese Frauen könnten ja auch alles besser, Telephontastaturen bedienen zum Beispiel. Diese Frauen würden mit unglaublicher Dreistigkeit verheirateten Männern nachstellen. Ich sage, daß ich als unverheiratete Frau das anders erleben würde. Meine Mutter schweigt. Später sagt sie, ich sei wohl auch so veranlagt, genetisch, meint sie. Das seien so Sachen, da könne man nichts machen.
Ich frage meine Mutter nach dem Buch. Ja, das wisse sie auch

noch. Es sei von Tennessee Williams gewesen, Katzengedichte. Ich sage: »Und du hast behauptet, seine Sekretärin hätte es ihm geschenkt.« Meine Mutter lacht. Die Widmung sei unglaublich kitschig gewesen, mit Blümchen und Herzen dekoriert. Wieder lacht sie. Natürlich hätten ihm diese Frauen Geschenke gemacht, dreist wie die wären.

Von Tennessee Williams ist kein einziges Gedicht veröffentlicht. Sie muß T.S. Eliot meinen. Das Buch dürfte ich mir bestellt haben, kurz nachdem ich von einem Besuch bei meinen Eltern zurückgekehrt war. Mir gefielen die Gedichte. Meine Mutter sagt, mein Vater hätte das Buch bestimmt nie gelesen. Nein, das Buch hätten sie heute nicht mehr. Er hätte es wahrscheinlich weggeworfen. Oder seiner Geliebten zurückgeschickt. Die hieß übrigens Maria, hätte sie das schon gesagt, und sei katholisch. Im August hätte sie Namenstag oder so etwas. Das wisse sie genau, weil bei diesem Datum ihre Telephonnummer im Kalender meines Vaters gestanden hätte.

Ihre Liebe zu meinem Vater sei irgendwann gestorben. Ich frage meine Mutter, wann. Sie antwortet: »Vor einem Jahr.«

Ich suche mein Exemplar von *Old Possum*. Auf dem Vorsatzblatt ist eine Jahreszahl notiert, die vier Jahre vor meinem Besuch bei den Eltern liegt. Und plötzlich meine ich, meiner Mutter erzählt zu haben, daß das Musical Cats aus diesen Gedichten entwickelt wurde.

»Wir müssen in die Zukunft schauen«, sagt meine Mutter. Ich müsse das auch. Ich widerspreche. Meine Aufgabe bestünde jetzt darin, in meiner Vergangenheit aufzuräumen.

106 Das Bardo ist wie eine Insel in der Mitte eines Sees, schreibt Chögyam Trungpa. Die Konzeption des Bardo beruht auf der Periode zwischen geistiger Gesundheit und Wahnsinn, oder der Periode zwischen der Verwirrung und einer Verwirrung, die gerade dabei ist, in Erkenntnis umzukippen. Die vergangene Situation hat sich gerade ereignet, während die zukünftige Situation hat sich noch nicht manifestiert hat, so daß eine Lücke zwischen beiden entsteht.
Auf diese Insel nehme ich mein Buch mit. Auf dieser Insel schreibe ich meine Geschichte.

107 Abendessen mit einem alten Freund. Er hat seit unserem Treffen vor einigen Monaten die Disputation seiner Doktorarbeit hinter sich gebracht, die letzte Frau seines Lebens besucht und die nächste kennengelernt. Der letzten Frau begegnete er in Paris in einer Bibliothek. Auf einem Kongreß in Rom vertiefte sich die Beziehung. Kurz nach der Trennung heiratete die letzte Frau im Leben meines alten Freundes einen zwanzig Jahre älteren

Mann. Drei Jahre später schrieb mein alter Freund ihr wöchentlich einen Brief. Als er nach einem halben Jahr immer noch keine Antwort von ihr erhalten hatte, flog er in das Land, in dem sie inzwischen wohnte, und setzte sich vor ihrer Wohnung auf die Treppe. Im Gespräch sagte sie ihm dann, er sei durchaus auch der Mann ihres Lebens, aber nun sei sie eben mit dem anderen verheiratet. Ein *Arrangement*. Als er sie am nächsten Tag im Büro aufsuchte, teilte ihm die Sekretärin mit, man habe bereits die Polizei verständigt. Er flog also wieder ab. Nach Paris. Die nächste Frau seines Lebens lernte er dort in einer Bibliothek kennen. Sie wird in einigen Wochen an einem Kongreß in Rom teilnehmen.

Mein alter Freund schwört mir, diese Geschichte sei wahr.

108 *Sei voller Hingabe an das Licht und fliehe nicht. Selbst wenn du fliehst, wird es untrennbar mit dir verbunden bleiben. Mit dem Erkennen geht die Befreiung einher.*

Die große Befreiung durch Hören im Bardo.

109 Meinen Brief hätte mein Vater nicht erhalten, sagt er. Und gedehnt: Aber doch nicht am Telephon. Er hätte doch geschrieben *gelegentlich*. Im übrigen würde ich das alles viel zu sehr auf

mich beziehen. Ich sage, wir Kinder hätten schließlich mit im Boot gesessen. Daß ich jahrelang im Dunkeln herumgestochert hätte. Jetzt wäre das Licht angegangen. Und daß es deswegen auch um meine Vergangenheit und um mich ginge.
Mein Vater wiederholt dreimal, diese Geschichte hätte nichts mit mir zu tun.

110 Ich gehe in die Küche. Mein/e Mitbewohner/in und ich sortieren unseren Abfall: Biomüll, Zeitungen, Plastik und Aluminium, Glas. Den Restmüll nicht vergessen, im wesentlichen besteht er aus meinen Zigarettenkippen. Es ist unser Spiel, dem anderen beim Trennen zuzusehen und ihm/ihr eine Fehlsortierung nachzuweisen: »Halt, falsch, das gehört in die andere Tonne.« In unserer Küche stehen vier Abfalleimer, im Flur sammeln wir die Flaschen.
Mein Vater ist feige, verantwortungslos, nicht fürsorglich, unerwachsen. Finde ich nach diesem Telephonat. Und ich weiß, daß es zu einem Gespräch wahrscheinlich nie kommen wird.

111 Meine Schwester erzählt mir, in ihren Studienbeurteilungen hätte immer gestanden, sie stelle zwar die richtigen Fragen, gehe in ihren Deutungen in eine interessante Richtung, doch schließe

sie dann den Gedankengang nicht mit einer Folgerung ab. Sie sagt: »Ich wollte das Bild nie zerstören.« Sie sagt auch, ich sei anders als sie.
Mein Nicht-Geliebter hat sich, als wir noch miteinander sprachen, immer gegen Interpretationen gewehrt. »Warum können wir das Schöne nicht einfach als das, was es ist, genießen?« Ich antwortete, weil ich verstehen wolle, was mich daran bereichert. Warum gerade das und nichts anderes. Daß ich das Geheimnis dahinter aufdecken wolle. Er hielt das für Vernichtungswut.

112 Meine Mutter hatte sich zum Geburtstag einen Küchenmixer gewünscht. Mein Vater rief meine Schwester an und sagte, übrigens sei neulich der Zauberstab kaputtgegangen. Also schenkten wir meiner Mutter zum Geburtstag ein Handrührgerät und einen Zauberstab. Als sie sich bei mir bedankte, sagte sie, das sei gar nicht nötig gewesen. Ihr alter Zauberstab funktioniere noch ganz prima, er sei nur ein bißchen alt.

113 Die Sekretärin erzählt von ihrer Reise durch Südostasien. Ich war auch einmal in Thailand. Wir sprechen über das Essen dort. In Bangkok verbrachte ich den langweiligsten Nachmittag meiner Reise, als mich ein Kollege meines Vaters einlud, der zufällig in der Stadt zu tun hatte. Wir lagen am Schwimmbad eines Luxushotels, ließen uns Getränke servieren und redeten über dies und das. Manche Frauen, meinte er, seien da anderer Meinung, aber mit zunehmendem Alter nähme man als Mann mit, was man bekommen könne. Ob ich das nicht auch so sähe? Ich bin sicher, daß ich nicht geantwortet habe: »Ja, durchaus, mit meinem Freund habe ich auch ziemlich viel Spaß beim Bumsen.« Das hätte schließlich nicht den Tatsachen entsprochen. Ich werde nur den Freund erwähnt haben. Später lud der Kollege meines Vaters mich ein, von seinem Zimmer aus den Smog über der Stadt zu betrachten, wie er sich rot färbte und dann dunkel wurde. Wir tranken einen Whiskey. Dann aßen wir auf einem Schiff zu Abend, das durch die Kanäle Bangkoks dümpelte und auf Fischgerichte spezialisiert war. Ich erzähle der Sekretärin, daß ich am nächsten Tag eine Magenvergiftung hatte. Das habe sicherlich am Fisch gelegen, sagt sie. Ich stimme ihr zu. In Asien sollte man wirklich keinen Fisch essen.

Ich esse eigentlich alles gerne. Nur gekochte Kartoffeln mag ich nicht. Ein mehliger Brei im Mund, der vor Stärke den Gaumen pelzig werden läßt und nach nichts schmeckt. Man kann sie nicht nur, man muß sie mit der Gabel zerteilen. Wer sich anständig zu benehmen weiß, schneidet Kartoffeln nicht mit dem Messer. Es muß Gründe für diese Regel geben. Einer ist sicherlich, daß es eine unangemessene Wahl der Waffen wäre, mit einem

Messer auf Kartoffeln loszugehen. Sie zerbröseln ja schon beim Auflegen auf den Teller, geht man nicht sorgsam mit ihnen um. Wenn man mit der Gabel auf eine Kartoffel drückt, sieht man die Pampe durch die Zinken hochquellen. Mitleidig schiebt man mit dem Messer etwas Sauce darauf. Sämig kleistert sie die trockenen Krümelberge zusammen. Davon schmecken Kartoffeln auch nicht besser.

114 Meine Freundin fragt nach meiner Wut auf meinen Vater. Ich säße unter einem Apfelbaum und erwartete, daß Birnen herunterfielen, weil ich Birnen lieber äße. Er sei eben nicht so, wie ich ihn mir wünschte, das hätte ich doch schon längst begreifen können. Und: Ich solle meine Wut dahin zurückspedieren, wo sie herkommt. Meine Freundin ist Schweizerin. Obendrein ist sie eine sehr kluge Frau. Und schön ist sie übrigens auch noch.

115 Lieber Vater,
am Telephon also nicht. Ich würde Dich daher gerne einladen, in meine Stadt zu kommen. Da ich im Augenblick wochenends sehr viel unterwegs bin oder Besuch habe, ginge das erst in vier Wochen. Es wäre schön, wenn Du dann kommen könntest. Falls das nicht geht, würde ich Dich bitten, mir einen anderen

Termin vorzuschlagen. Es freut sich auf unser Gespräch, herzlich grüßend,
die Tochter

116 Meine Freundin erzählt, daß ihre Mutter ihr einmal gesagt habe, sie hätte nur eines gewollt im Leben: daß ihre Töchter ihre besten Freundinnen würden.
Meine Mutter, meine Schwester und ich werden von einem Verehrer ausgeführt. Es ist dabei nicht ganz klar, wen von uns dreien er eigentlich verehrt. Jedenfalls verehrte er früher einmal meine Mutter. Später wurde er einer meiner vertrautesten Freunde. Wir bestellen Longdrinks zum Aperitif. In den Gläsern steckt eine kleine rosa Plastikgiraffe, mit der man das Getränk umrühren kann. Als wir ausgetrunken haben, bleiben die Giraffen auf dem Tisch liegen. Meine Schwester stellt eine vor die beiden anderen und sagt: »Genau wie wir.« Meine Mutter aber stellt die erste Giraffe in eine Reihe mit den anderen beiden und sagt: »So wäre es mir lieber.« Meine Schwester und ich schauen uns nicht an.

117 Traum
Ich stehe vor einem großen Spiegel und föne mir die Haare. Ich weine sehr laut, obwohl keine Tränen fließen. Ich hoffe, daß der

Lärm des Föns mein Weinen übertönt, denn mein Vater sitzt im Zimmer nebenan. Er kommt herein. Ich stecke ein Schreibgerät, das länglich wie eine Tastatur geformt ist, in eine Tasche. Mein Vater sagt, so kopfüber solle ich es nicht tragen, das sei nicht gut. Ich nehme schweigend die Henkel der Tasche auf, die sich dadurch dreht – damit liegt das Schreibgerät quer. Ich schreie ihn an. Er verstehe wirklich nichts. Dann gehe ich hinaus. Vor der Tür wartet ein Auto.

118 Meine Schwester erzählt, sie sähe mich überlebensgroß in einem weiten Kleid, wie ich meinen kleinen Vater durch einen riesigen, leeren Raum scheuchte. Er hätte Angstaugen und riefe mit quiekiger Stimme: »Aber doch nicht am Telephon, aber doch nicht am Telephon!« Ich lache und sage, sie hätte recht. Die Jagd mache mir Spaß, und ich wolle sehen, wie viele Ausreden er sich wohl einfallen ließe. Er würde – wenn er diesmal zugäbe, den Brief bekommen zu haben – nicht in meine Stadt kommen. Jedenfalls nicht zu dem Termin. Also würde ich einen anderen Termin anbieten. Der würde auch nicht passen. Dann würde ich vorschlagen, daß ich in seine Stadt käme. Auch der dafür vorgeschlagene Termin würde ihm nicht passen. Also würde ich ihm wieder einen neuen vorschlagen. Wann er wohl aufgeben würde?

Ein Kind steht auf einer Trittleiter. Die Trittleiter steht in der dunklen Speisekammer. Auf dem obersten Regalbrett der dunklen Speisekammer steht ein offenes Glas Marmelade. Das Kind streckt sich. In der Hand hält es einen Löffel, mit dem es im Marmeladenglas stochert. Das Licht in der Speisekammer geht an. Das Kind sagt: »Ich stehe nicht auf einer Trittleiter in der Speisekammer und stecke einen Löffel in das offene Marmeladenglas, weil ich von der Marmelade naschen will. Ich sitze auf einem Pferd und reite über die Prärie. Und Cowboys sprechen über solche Dinge nicht.«

119 Als ich operiert wurde, war meine Schwester verreist. Vom Ausbruch meiner Krankheit hatte sie nichts mitbekommen. Weinend rief sie mich nach ihrer Rückkehr an. Als meine Schwester mich besuchen kam, sagte meine Mutter: »Dann kann ich jetzt wohl abreisen.«

120 Ich bin gerne Dolmetscherin. Meine Aufgabe ist es, aus den Worten und Sätzen der Redner einen Text zu machen, den Menschen verstehen können, die sonst auf der anderen Seite eines Ozeans oder am anderen Ende eines Kontinents leben. Und den sie so verstehen, wie die Worte und Texte gemeint wurden.

Meine Auftraggeber wissen nicht, daß ich einen Satz wie *We have achieved incurable illnesses* verändere. Aus meinem Mund heißt das dann: »Mit unserer Methode sind bislang als unheilbar geltende Krankheiten heilbar geworden.« Aber wenn meine Auftraggeber es wüßten, dann wären sie mir dankbar. Davon bin ich überzeugt. Mir reicht aber schon, daß sie mir ein Honorar zahlen. Ich lebe von den Worten anderer Menschen.

Vielleicht gefällt mir auch, daß die Menschen durch mich miteinander reden. Weil es mich gibt, mit meinen Kopfhörern und meinem Mikrophon, können sie sich austauschen. Ihre Worte gehen durch mich hindurch. Ich bin die Leitung, die auf dem Boden eines Ozeans verlegt wurde, damit von einem Kontinent zum anderen telephoniert werden kann.

Als Dolmetscherin bin ich zur Verschwiegenheit verpflichtet. Was in meiner Anwesenheit gesagt und verhandelt wird, ist ein Geheimnis. Meine Auftraggeber wissen, daß ich es bewahren werde.

121 Wie man Geheimnisse bewahrt, habe ich gut gelernt. Das erste Geheimnis, das ich bewahren sollte, war, daß wir keine fröhliche Familie sind.

Ich habe das Geheimnis nicht verraten. Statt dessen wurde ich verrückt. Das war kein Weitersagen. Für eine verrückte Tochter kann eine fröhliche Familie nichts. Sie sagt, die Tochter sei sehr facettenreich. Man hätte es nicht leicht mit ihr. Die fröhliche Familie wird sehr bedauert, daß sie mit einer solch facettenreichen Tochter gestraft ist.

122 Ich bin jetzt nicht mehr verrückt.

123 Montage sind fürchterlich. Einzig die Anwesenheit der Sekretärin macht sie erträglich. Ohne sie wäre ich in meinen Papierstapeln verloren. Sie ordnet, schichtet um, rangiert in Regale und beruhigt mich. Wenn ich sage, daß ich für niemanden zu sprechen sei, lügt meine Sekretärin auch. Heute zum Beispiel. Mein Vater hat angerufen, sagt sie, habe aber keine Nachricht hinterlassen.
Meine Schwester ruft später am Nachmittag an. Für sie bin ich immer zu sprechen. Sie hat sich mit meinem Vater unterhalten, sagt sie. Er habe ihr erzählt, der Termin passe ihm nicht. Und extra für ein Gespräch in unsere Stadt kommen, das hielte er für nicht notwendig. Sie sei laut geworden, sagt sie, hätte ihn gefragt, wann er eigentlich einmal für seine Kinder da sein wolle. Mein Vater habe behauptet, der Besuch in unserer Stadt neulich hätte die jüngste Krise verursacht. Meine Schwester schnauft:

Wir sollen also daran schuld sein. Er habe auch gesagt, wir versuchten, die Ehe unserer Eltern auseinanderzubringen, während sie selbst daran arbeiteten, sie zu kitten. Meine Schwester lacht, als sie das sagt. Sie habe jetzt eine Migräne, sagt sie.
Es ist das erste Mal im Leben meiner Schwester, daß sie sich mit meinem Vater streitet.
Um mich herum tobt Streit. Mein Vater streitet sich bekanntermaßen mit meiner Mutter, meine Schwester streitet sich neuerdings mit meinem Vater, meine Mutter streitet sich auf ihre Weise: sie schweigt. Nur ich streite mich mit niemandem.
Es ist das erste Mal in meinem Leben, daß es in meiner Familie Streit gibt, und ich bin nicht daran beteiligt.

124 Es ist mal wieder Streit in der Familie, und ich habe dazu den Anlaß gegeben. Das war schon immer so.

125 Meine Schwester war das Sonnenkind. Sie spielte nach der Schule mit ihren Hundertschaften Plüschtieren. Sie hatte viele Freunde. Unter der Dusche sang sie. Wenn sie Querflöte spielte, kamen einem die Tränen. Mein Vater liebte seine Frühaufsteher-Tochter. Die Pubertät ging fast spurlos an ihr vorüber. Von einem niedlichen kleinen Mädchen verwandelte sie sich übergangslos in eine schöne junge Frau. Sie war freundlich zu jedermann und konnte über alles mit allen reden.

Dafür habe ich meine Schwester bestraft. Wenn meine Eltern nicht da waren, ging ich nachts in ihr Zimmer und setzte mich auf ihre Bettkante. Ich redete auf sie ein. Was ich gesagt habe, weiß ich nicht mehr. Ich wollte nur, daß sie mir am Ende bestätigte, sie sei ganz beschissen, eine blöde Kuh. Vielleicht forderte ich auch das Eingeständnis, daß ich intelligenter sei als sie. Ich weiß nicht mehr, was die genaue Formulierung war. Aber es war sicherlich immer derselbe Satz. Ich ging nicht, ehe sie ihn nicht gesagt hatte. Nach dem dritten Mal weigerte sie sich, den Satz zu sagen. Ich kam nie wieder nachts zu ihr.

Ich das Schattenkind.

Viele Jahre später habe ich meine Schwester erneut bestraft. Ich wurde selber auch eine attraktive Frau.

Wir sitzen in einem Lokal. Ein Mann am Nebentisch sieht zu uns herüber. Er schaut zu mir. Meine Schwester bittet mich, ihr meine Brille zu geben. Sie faßt die Haare im Nacken zusammen, setzt sich die Brille auf, spitzt den Mund und wackelt lehrerinnenhaft mit dem Zeigefinger. Das Lächeln des Mannes am Nebentisch sehe ich nur verschwommen.

126 Mein Nicht-Geliebter ruft manchmal an. Wenn ich abhebe, legt er wieder auf. Ich erkenne sein Atmen. Ich weiß nicht, was es vor dem Atmen anderer Menschen auszeichnet, aber es ist seins. Einmal rief er nachts um drei im Büro an. Ein leiser, entsetzter Laut, als ich antwortete. Dann Rauschen.
Ich erfahre, daß mein Nicht-Geliebter einem Menschen von mir erzählt hat, der mich kennt. Jemandem aus dem Adel, natürlich. Mein bester Freund ist auch mit meinem Nicht-Geliebten befreundet. Er weiß schon lange von dieser Sache. Und er ist ebenfalls adlig. Mein bester Freund hat mir erzählt, er sei von diesem dritten Menschen angesprochen worden. Man könne doch offen darüber reden, habe dieser Mensch gesagt, und daß er von meinem Nicht-Geliebten informiert worden sei. Was denn mein bester Freund von dieser Sache mit mir halte?
Mein bester Freund hält nichts von der Sache mit mir und meinem Nicht-Geliebten. Er rät mir ab, wo er nur kann. Wir verbringen Stunden am Telephon, in denen er mir die Gefahren ausmalt, in die ich mich begäbe, würde ich eine Verbindung mit meinem Nicht-Geliebten eingehen.
Von der Sache mit meinen Eltern weiß mein bester Freund nichts. Er ist auch mit meinen Eltern befreundet. Vielleicht will er nur nicht darüber reden. Ich jedenfalls spreche die Sache mit meinen Eltern nicht an.

127 Die Sache mit mir ist einigermaßen kompliziert, glaube ich. Manche, die mich mögen, freuen sich an meiner Wärme. Sie mißverstehen meine Sehnsucht als Freundschaft. Meine Angst vor dem Verschlungenwerden als Unabhängigkeit.

Too much freedom means you've got nothing left to lose.
Janis Joplin

128 »Hier spricht dein Vater. Heute ist der vierundzwanzigste März. Es ist zehn Uhr und vierzig ungefähr. Ähm. Vielleicht können wir doch mal reden. Ich hatte dir ja angeboten ein Gespräch gelegentlich und, ähm, da wir morgen verreisen, ähm, ist das bißchen schlecht im Moment. Ich hab auch deine Einladung für das Wochenende nach Ostern bekommen. Aber ich versuch, dich nochmal anzurufen. Bis bald. Bye, bye.«
Er hat mich dann wirklich nochmal angerufen. Wir sprechen über das schöne Wetter in seiner Stadt. Er streue gerade Dünger über den Rasen. Meine Mutter hätte ein Blumenbeet mit Stiefmütterchen gepflanzt, die leuchteten sehr schön. Sie freue sich sehr auf die Reise, wolle jetzt sofort los und gleich durchfahren, ohne Pause. Meine Eltern würden in einigen Wochen in meine Stadt kommen. Sie wollten meiner Schwester beim Umzug helfen, und mein Vater habe versprochen, im Garten ihres neuen Hauses zu helfen. Ich bitte ihn, dann ein paar Stunden verbind-

lich für mich freizuhalten. Ich würde gerne ungestört mit ihm sprechen, und möchte, daß wir uns dazu die Zeit nehmen. Meine Mutter kommt dazu. Wir sprechen über ihre Reise. Sie wolle endlich weg von den Handwerkern in ihrem Haus, ausspannen in der Sonne. Sie hätte mich ohnehin noch vor der Abfahrt angerufen.

129 Über dritte erfahre ich, daß mein/e Mitbewohner/in sich mit mir schwer tut. Ich sei vulgär und stellte Fragen, die nur als Grenzüberschreitungen zu bezeichnen seien.
Eine neue Suche in meiner Erinnerung beginnt.
Bei meinem Vortrag hatte ich eine Sexszene vorgelesen, die Wendepunkt für das Geschehen in einem Roman war. Mein/e Mitbewohner/in hatte sich danach beschwert, es sei in einem solch klinischen Tonfall vonstatten gegangen, daß das Zuhören gar keinen Spaß gemacht habe. Daß ich in letzter Zeit einen ordinären Witz erzählt hätte, ist mir nicht erinnerlich. Ich kenne im Moment keine guten unanständigen Witze.
Mein/e Mitbewohner/in hat gelegentlich Besuch über Nacht. Ich habe neulich gefragt, ob der Mantel, den ich morgens noch in der Garderobe hängen sah, zur Wohngemeinschaft gehöre oder ein Besuchermantel sei.
Als mein letzter Mann hier übernachtete, frühstückten wir mit meinem/meiner Mitbewohner/in. Der letzte Mann hatte Bröt-

chen besorgt. Als er gegangen war, sagte mein/e Mitbewohner/in: »Wie schön!« Wir besprachen, wie deutlich schon am Vorabend gewesen sei, daß dieser Mann über Nacht bleiben würde. Ich hatte eine Flasche Champagner aus dem Eisschrank geholt, und wir hatten sie auf dem Balkon geleert. Ich glaube, mein/e Mitbewohner/in fragte am nächsten Morgen, ob sie denn schön gewesen sei, die Nacht. Aber genau kann ich mich nicht mehr erinnern.

Ich bitte meinen/meine Mitbewohner/in um ein Gespräch. Wir vereinbaren einen Termin für die folgende Woche. Dann fragt mein/e Mitbewohner/in, ob wir gemeinsam ein Geschenk für jemanden besorgen können, der am Wochenende Geburtstag hat. Mein/e Mitbewohner/in ist erstaunt, daß ich ablehne.

Die Vorstellung, aus der Wohngemeinschaft auszuziehen. Es gibt in meiner Stadt viele schöne Wohnungen. Ich habe immer schon hübsche Wohnungen in einer guten Gegend gemietet. Es gibt keinen Grund, warum ich nicht wieder eine schöne Wohnung finden sollte.

130 Meine Freundin sagt: »Ich biete dir noch nichts an, weil ich nicht weiß, wie das alles gehen wird. Aber es kann sein, daß ich in deine Stadt ziehe.« Ich antworte: »Ich weiß. Ich frage dich auch noch nicht.«

Sie sagt auch, nicht alle Menschen könnten sich in Konflikte begeben und klar benennen, was in ihnen tobt. Ich gebe ihr recht. Das weiß ich von mir selber.
Meinen Nicht-Geliebten kann ich nicht anrufen. Aber wenn ich jetzt konzentriert an ihn denke, wird er es vielleicht merken und mich anrufen. Ich brauche seinen Rat.
Ich brauche seine Liebe.

131 Auf einem Empfang sprach ich einen fremden Mann an. Ich langweilte mich. Er stand an einem Tisch und schien sich auch zu langweilen. Also stellte ich mein Weinglas auf seinen Tisch und sagte »Guten Abend«. Er wünschte mir auch einen guten Abend und stellte sich vor. Ich stellte mich nicht vor. Das Gespräch mit ihm war auch langweilig. Ein englischer Journalist kam dazu, der mich den Abend über verfolgt hatte. Er war betrunken und wollte mit mir ins Bett: »How would you like to be gone over?« Er nahm die Hand des fremden Mannes und übertrug ihm Energie. Der Schweiß stand ihm auf der Stirn. Dann fragte er, ob ich mein Leben in einem Satz zusammenfassen könnte. Ich sagte, natürlich könnte ich das. In meiner Erinnerung war der Satz sehr kurz und hatte mit Einsamkeit zu tun.
Diese Geschichte ist sehr lange her. Ich würde gerne behaupten, ich wüßte nicht, warum sie mir gerade heute einfällt.

132 Es gibt noch einen Grund, warum ich gerne dolmetsche. Ich lerne interessante Menschen kennen. Meistens sind es Männer auf Dienstreise. Manche haben eine solch starke Ausstrahlung, daß ich mich nur mit Mühe konzentrieren kann. Meine Phantasien galoppieren los, während ich ihre Sätze in einer anderen Sprache wiedergebe. Ich stelle mir vor, sie würden mich nach dem Einsatz anrufen und zum Abendessen einladen. Und daß ich erwidern würde: »Never mind dinner, why don't we just go straight to bed?« Meine größte Sorge ist, daß mir dieser Satz statt der statistischen Erhebungen entschlüpfen könnte.

133 Traum
Ich bin am Strand. Wir fahren über den Sand. Ich weiß, daß er sehr fest ist und mehrere Meter tief. Das freut mich, denn derlei ist selten. Und es ist gut. An einem Schwimmbad halten wir. Ich sitze am Rand und lasse die Beine ins Wasser baumeln. Über das Becken fliegen hölzerne Doppeldecker, auf deren Tragflächen Menschen tänzerische Bewegungen machen. Die Flugzeuge fliegen in Richtung Meer. Ich schaue ihnen gerne zu. Und ich freue mich an den Menschen im Schwimmbad.
Mein/e Mitbewohner/in kommt herein. »Was denn, ja gerne?« Ich verstehe nicht. Mein/e Mitbewohner/in sagt, ich hätte gerade ganz laut *Ja, gerne* gerufen.

134 Mein Nicht-Geliebter hat meinen besten Freund angerufen und ihn gebeten, mir viele Grüße zu bestellen. Er sei traurig, berichtet mir mein bester Freund, weil ich so rasch in die neuerliche Schweigepause eingewilligt hätte. Meine Freundin hat mein Nicht-Geliebter auch angerufen. Ob es etwas gäbe, was er nicht wüßte? Meine Freundin hat ihm gesagt, ich wäre schon offen zu ihm, darauf könne er sich verlassen. Ich glaube, mein Nicht-Geliebter hat Angst, daß ich einen neuen Freund haben könnte.

Ich frage mich, warum ich ihn nicht einfach anrufe und in meine Stadt bestelle. Es wird nicht besser dadurch, daß wir uns bestrafen. Ich glaube, ich habe Angst, daß ich damit einen neuen Freund haben könnte.

135 Wenn es in meinem Büro hektisch zugeht, dann erregt mich das. Mein Geschlecht wird weit, und ich spüre meine Klitoris, wie sie sich in den Schamlippen ausdehnt. Dabei sitze ich vor dem Computer und stelle gerade eine Frage in ein Forum für Übersetzer, ob das Vermögensgesetz schon in übersetzter Form vorliegt. Meine rechte Hand verläßt die Maus, wenn ich es dann nicht mehr aushalte. Ich ziehe den Rock über die Knie und lasse die Hand in die Unterhose gleiten. Die Finger finden allein den Weg. Langsam kreise ich um meinen Kitzler, spüre die Schamlippen anschwellen und eine dicke Hitze sich in meinem Unterleib ausbreiten. Eigentlich ist da schon jeder Gedanke an ein Aufhören zu spät. Ich lasse meine Finger schneller werden, sie gehen jetzt auf und ab und nicht mehr im Kreis, und ich merke, wie sich etwas vorsichtig in mir zusammenzieht und wieder entspannt. An welchem Ort das geschieht, weiß ich nicht. Meistens setzen dann die Phantasien ein. Daß ich auf einer Versammlung aufstehe, um eine Frage zu stellen und der neben mir sitzende Mensch die Hand an die Innenseite meines Oberschenkels legt. Ich rede dabei weiter. Daß ich in das Büro eines Fremden zu einer wichtigen Besprechung komme und sofort klar ist, daß wir das Reden auf später verschieben werden. Er drückt mich an seinen Schreibtisch, stößt mich vornüber. Dann nimmt er mich. Oder daß ich in der Sonne im Park liege und jemand den Kopf in meinem Schoß vergraben hat. Wenn es die richtige Phantasie ist, dann muß ich die andere Hand dazunehmen. Manchmal schießt mir noch durch den Kopf, daß ich jetzt ins Schlafzimmer gehen könnte, um es mir mit dem Dildo zu machen. Aber da habe ich schon zwei Finger in mir und spüre mein inneres Wogen. Mein Atem geht schnell, und ich lehne mich zurück. Daß ich vor mir einen Bildschirm, Wörterbücher und Disketten habe, sehe ich nicht mehr.

Die Rechnungen von meinem Internet-Provider sind gelegentlich ziemlich hoch.

136 Früher träumte ich viel von Korridoren und Teichen. In den Fluren fremder Häuser irrte ich herum und suchte nach jemandem. Aber keine der Türen ließ sich öffnen. In den Gewässern schwammen zerstückelte Leichen. Ein Arm. Ein Kopf dümpelte auf kleinen Wellen neben mir.

137 Auf meinem Anrufbeantworter eine Nachricht. Mein Nicht-Geliebter. Wenn ich in der nächsten Woche nicht in meiner Stadt sei, solle ich ihm eine Nachricht hinterlassen. Ich bin nächste Woche in meiner Stadt und rufe ihn trotzdem an. Ob denn schon zwei Monate um wären? Er möchte mich sehen, sagt er, und ich stimme zu.
An diesem Morgen war ich von zwei Stimmen geweckt worden. Die eine war die der Frau meines Nicht-Geliebten. Ich kenne sie, weil sie ihn einmal dabei überraschte, wie er mit mir telephonierte. Sie hat eine sehr sanfte Stimme: Ob ich das sei? Sie nannte mich beim Vornamen. Mein Nicht-Geliebter brummte etwas Unverständliches. Ich glaube, er sagte, er dürfe doch wohl telephonieren, mit wem er wolle. Die leise Stimme fragte, ob ich angerufen hätte oder er mich. Der Ton meines Nicht-Geliebten rutschte eine Oktave höher, als er sagte, ich hätte etwas von ihm wissen wollen, da hätte er zurückgerufen. Den Rest des Gesprächs hörte ich nicht. Mein Nicht-Geliebter hatte aufgelegt.

Die weiche Stimme der Frau meines Nicht-Geliebten also weckte mich heute morgen: »Dann geh doch zu ihr, wenn du das mußt.« Ich weiß nicht, was mein Nicht-Geliebter darauf geantwortet hat. Vielleicht hat er wieder etwas Unverständliches gebrummt. Aber von ihrem Gespräch wurde ich wach.

138 Mein/e Mitbewohner/in unterhält sich mit mir in der Küche. Wir sprechen davon, daß manche Lesben Kinder bekommen wollen, manche Schwule auch. Mein/e Mitbewohner/in findet, wir sollten ein WG-Baby haben. Mit mir könnte sich mein/e Mitbewohner/in das gut vorstellen.
Mein alter Freund ruft mich an. Er klingt sehr beschwingt. Ich frage ihn, ob er gerade aus Paris kommt. Nein, sagt er. Er habe seine Erinnerungen geschrieben, da sei der Computer abgestürzt. Also beginne er jetzt ein neues Leben. Wir verabreden uns für die Osternachtsmesse.
Vor zehn Jahren, vielleicht auch mehr, war ich schon einmal zusammen mit meinem alten Freund in der Osternachtsmesse. Beim Abendmahl hob ich den Blick und schaute geradewegs in die Augen meines Pastors. Nach dem Gottesdienst lud er mich zum Osteressen ein. Seine Frau sei übrigens gerade verreist, sagte er. Ich stellte ihm meinen alten Freund vor. Der wurde dann auch eingeladen.

Meine Freundin kommt zu Ostern in meine Stadt.
Das Gespräch mit meinem/meiner Mitbewohner/in naht. Es liegt viel zwischen uns, das zu klären ist. Mein/e Mitbewohner/in sagt, es sei gut, daß wir aufräumten.

139 Meine Freundin und ich gehen ins Theater. Goethes Stella. Ich sehe meine Mutter vor mir, wenn Cäcilie spricht, höre meine Gedanken in Stellas Monolog über ihr Dasein als ungeliebte, nicht liebende Frau. Und glaube keiner von beiden, daß sie Fernando liebt.
Ein Anruf von meinem Nicht-Geliebten auf dem Anrufbeantworter. Er könne wahrscheinlich doch nicht nächste Woche in meine Stadt kommen. Darauf hatte ich schon gewettet.
Das Gespräch mit meinem/meiner Mitbewohner/in zeigt, daß seit unserem Zusammenziehen fundamentale Dinge zwischen uns stehen. Zwei Jahre sind vierundzwanzig Monate sind hundertvier Wochen sind siebenhundertdreißig Tage sind Hunderte von Unterhaltungen. Das Gefühl, verraten worden zu sein, steht jetzt zwischen mir und meinem/meiner Mitbewohner/in. Ich sage seit drei Tagen wenig mehr als »Guten Morgen« und »Gute Nacht«.

140 Aus einem Fenster in unserer Wohnung kann ich die S-Bahn-Haltestelle sehen. Die Menschen in der Bahn starren meist blicklos auf die Hauswand, die fünf Stockwerke unter unserem Fenster liegt. Diesmal ist es anders. Ein Mann und eine Frau liegen sich in den Armen. Er streicht der Frau über die langen schwarzen Haare. Die Füße hat er auf die Bank gegenüber gelegt. Aber das weiß ich nicht genau, denn ich kann es nicht sehen. Sie streicht ihm mit der Hand über das Gesicht, ihre andere Hand liegt auf seiner Brust. Der Mann vor ihnen starrt auf die Brandmauer. Er sieht sein eigenes Gesicht im Fenster. Dann fährt die S-Bahn weiter. Sie wird dieses Pärchen nach Hause bringen, und den vor ihnen sitzenden Mann auch.
Ich bin schon zu Hause.

141 Der Postkarten-Empfänger flirtet mit mir. So viel ist klar. Er lädt mich zum Mittagessen ein, und als ich protestierend danke, legt er seine Hand auf meine. Später berührt er mich an der Schulter, und noch später hält er mir die Hand, weist mit der anderen auf ein Bauwerk und widerspricht: trotz der wilhelminischen Architektur sei dies doch ein schöner Bau. Ich sage, ich würde das Gebäude trotz seiner Erscheinung lieben.
Das letzte Mal, als ich mich über die Architektur meiner Stadt unterhielt, stand ich auf dem Mittelstreifen einer befahrenen

Straße, um sie zu überqueren. Auf der anderen Seite wandte ich mich zu meinem Begleiter: »Wohnen wir nicht in der schönsten Stadt der Welt?« Er lachte auf und küßte mich. Dann nahmen die Dinge ihren Lauf. Er zitierte mir aus der fünften römischen Elegie, ich erzählte von den Sternstunden der Menschheit, und nach vier Wochen war es auch alles wieder vorbei.
Ich werde gefragt. Also sage ich, was ich mir wünsche. Beim Klingeln zu wissen, wer anruft. Schon beim Ausmachen des Termins zu überlegen, was ich anziehen werde. Die Nummer des Friseurs heraussuchen. Das Blut, das plötzlich durch die Adern zu rauschen scheint. Vorfreude. Das wünsche ich mir.

142 Mein alter Freund und ich gehen in die Kirche. Er ist ein schöner Mann, obwohl er sehr jung aussieht. Intellektuell ist er obendrein, was man vielleicht auch an seiner Brille erkennen kann. Nach der Kirche gehen wir einen Wein trinken. Er redet davon, daß wir uns schon so lange kennen. Daß er sich überlegt habe, ich würde sicherlich bei seiner Beerdigung dabei sein. Daß alle unsere Freunde schon verheiratet seien. Ich frage ihn: »Machst du mir da gerade eine Liebeserklärung?« »Ja, so könnte man das auch sehen. Aber derlei sage ich vielen Frauen, also bilde dir nichts darauf ein.«
Mein Nicht-Geliebter ruft an. Jeden Tag zwei- bis dreimal. Ich

frage mich, ob er mir auf die Nerven geht. Jeder andere würde das. Es geht mir aber nicht auf die Nerven, mit ihm zu sprechen. Es zieht mir eher am Herz. Wir sprechen über mein Buch, über meine Dissertation, über ihn. Am Tag, an dem er mir auf dem Anrufbeantworter die Nachricht hinterläßt, er habe sich Gedanken über das Zusammenleben mit mir gemacht, rufe ich ihn nicht zurück.

143 Traum
Eine elegante Dame im schwarzen Kostüm mit roten Fingernägeln stellt sich zu anderen Frauen. Ein älterer Herr im grauen Anzug reicht ihr ein Päckchen. Es ist wie ein Kondom eingepackt und hat die Größe einer Computerdiskette. Es könnte auch ein sehr großes Praliné sein.

144 Mitten in der Nacht klingelt das Telephon. Es steht an meinem Bett, weil ich in der Nacht zuvor mit meinem Nicht-Geliebten telephoniert habe. Ich hebe ab, sage verschwommen meinen Namen. Niemand antwortet. Ich höre es nur atmen. Es ist mein Nicht-Geliebter, glaube ich, aber ich werde nicht wach davon. Ich frage, wer da ist, und lege auf, als ich keine Antwort bekomme. Am nächsten Morgen ruft mein Nicht-Geliebter an. Ich erzähle ihm von diesem Anruf. Er sagt sofort, er sei es nicht gewesen. Damit ist es klar.

Mein Nicht-Geliebter träumt nicht, sagt er. Ich sage ihm, man müsse Träume auch zulassen können. Am nächsten Abend erzählt er mir stolz, nun habe er doch geträumt, nach meiner Ermunterung. Von mir. Es sei doch ein merkwürdiger Akt der Selbst-Referentialität, wenn man von der Traumfrau träume. Es sei aber nicht die Missionarsstellung gewesen. Den Traum will ich nicht hören.

145 Auf Klassenarbeiten freute ich mich. Insbesondere in den Sprachenfächern. Deutsch, Englisch, Französisch, Latein. Wenn das Ende der Klausur kam, die Zeit knapp wurde, überfiel es mich. Mein Atem ging schneller. In meinem Unterleib breitete sich ein Gefühl aus, das ich nicht kannte. Eine schmelzende Sonne. Ich preßte die Oberschenkel zusammen. Auf den Wangen spürte ich die Röte. Wärme umgab mich. Die Konzentration wurde weit. Ich nahm meinen rätselhaften Körper wahr und war doch ganz bei meiner Arbeit.

146 Ich rauche zuviel. Das ist mein Laster. Früher habe ich auch zuviel getrunken. Ein Liter Bier oder eine Flasche Wein. Sich dann an den Schreibtisch setzen und Tagebuch schreiben. *Le vin triste*, heißt es, nur war es für mich nicht traurig. Meine Tagebucheintragungen, in krakeliger Schrift abgefaßt, sind mir heute oft unverständlich. Aber als ich sie notierte, war ich glücklich. Die Stadt ist leise, wenn man vor dem Morgengrauen schreibt. Keine S-Bahn fährt. Das Haus schläft. Nirgends brennt Licht. Ich fühle mich geborgen im beginnenden Tag und hole eine weitere Flasche Bier aus dem Eisschrank.

147 Meine Mutter ruft an. Ob sie meiner Nichte schreiben soll, einer von ihren unsichtbaren Dinosauriern sei mit in den Urlaub gefahren? Sie solle doch sagen, ein Pterodaktylus sei mitgekommen, der hätte ein Frühstücksei gelegt, rege ich an, ohne zu wissen, ob Pterodaktylen Eier legen. War meine Mutter mit uns auch so? Diese Phantasiewelt, die sie heute aufzubauen imstande ist, hatten wir die auch miteinander? Ich glaube, das interessiert mich nicht mehr. Auch das Gespräch mit meinem Vater ist mir egal. Das ist vielleicht schlecht für diese Geschichte. Aber gut für mich.

148 Die O wurde von ihrem Liebhaber gezwungen, ohne Unterwäsche zu gehen und vorher den Rock zu heben, wenn sie auf dem Sitz des Wagens Platz nahm. Ich glaube, sie tat das auch freiwillig. Ich hätte es getan.

Das ist etwas, was ich meinem Nicht-Geliebten vorwerfe. Er hat mich nie vor Tatsachen gestellt. Diese Woche wollte er in meine Stadt kommen. Ein Termin bei der Eheberatung hatte sich zerschlagen, seine Frau war verreist, und die Kinder wären versorgt. Dann waren sie es doch nicht, und so kam er nicht. Ich nehme ihm das übel. Er läßt mich allein, indem er meine Freiheit respektiert.

Als ich mit meinem Nicht-Geliebten telephonierte, spielte im Hintergrund sein vierjähriger Sohn. »Pas devant les enfants«, sagte ich. Irgendwann wird der Sohn meines Nicht-Geliebten Erinnerungen haben wie meine. Daß sein Vater ihn beim Spielen mit Ritterfiguren beaufsichtigte und dabei einer Frau am Telephon Liebeserklärungen machte, die nicht seine Mutter ist. Werde ich dem Sohn meines Nicht-Geliebten eines Tages begegnen? Wird er mir die Fragen stellen, die ich den Geliebten meines Vaters stellen wollte?

149 Märchen. Der Beginn *Es war einmal* reicht, um mich dem Sog der Geschichte hinzugeben. Am Ende steht ein Gutes. Das würde ich jetzt auch gerne so haben.

150 Mein Nicht-Geliebter ruft mittlerweile ungefähr viermal täglich an und hinterläßt dazwischen zwei bis drei Nachrichten auf dem Anrufbeantworter. Als ich ihn einmal nach einer Rückkehr um Mitternacht nicht zurückrufe, reißt mich um halb zwei das Telephon aus dem Schlaf. Ob mir etwas zugestoßen sei? Ich hätte nicht zurückgerufen.
Am letzten Tag telephonieren wir im Marathon. Seine Frau ist verreist, die Kinder zum Wochenende bei Freunden. Er bedauert: nun hätte er ja doch in meine Stadt kommen können. Kurz, bevor wir von seinem Nachbarn unterbrochen werden, wird klar, daß er seine Familie nicht verlassen, seine eheliche Situation nicht klären wird. Daß er dafür nicht den Atem hätte, sagt er. Ich frage, als wir das Gespräch wiederaufnehmen, wie er denn seine spärliche Energie zwischen zwei Frauen aufteilen wolle. Der auf Liebesflügeln durch den Äther segelnde Galan sei eine Rolle gewesen, sagt mein Nicht-Geliebter. Wo mich das lasse in dem privaten kleinen Drama, das er dann zu seiner eigenen Ergötzung inszeniert habe, will ich wissen und erhalte keine Antwort.

Ich werde nicht mehr mit meinem Nicht-Geliebten telephonieren, und wenn er anruft, werde ich Sekunden später auflegen. Seine Briefe will ich nicht lesen, und sehen will ich ihn schon gar nicht. Es reicht, daß ich jetzt die Spielregeln kenne.
Hell hath no fury like a woman scorned. Wer das geschrieben hat, ist mir heute auch egal.

151 Meine Freundin und ich überlegen, ob wir nicht zusammenziehen wollen. Sie würde zwischen ihrer Stadt und meiner pendeln. Dann wäre ich viel allein, sagt sie. Ob ich mir das vorstellen könnte?
Seitdem ich meinen Nicht-Geliebten aus meinem Leben verbannt habe, kann ich mir vieles vorstellen.

152 Mein/e Mitbewohner/in liegt nachmittags auf dem Sofa im Wohnzimmer und schaut fern. Die Plattheit der Talkshows geht mir auf die Nerven. Mein alter Freund hat sich seit seiner Quasi-Liebeserklärung nicht mehr gemeldet. Meine Eltern sind bis Ende des Monats im Urlaub.
Ich räume auf.
Von meinem Nicht-Geliebten erhielt ich an dem Tag, an dem ich ihm erklärte, ihn nie wieder sprechen zu wollen, ein wunder-

schönes Buch. Kupferstiche von Doré illustrieren es. Ich lege es quer ins Regal, weil es so groß ist. Er wollte mir noch ein weiteres Buch schicken. Die Heldin hieße so wie ich. Haben will ich es nicht, und lesen schon gar nicht.
Lesen als Liebeserklärung. Den Wochenend-Mann sah ich auf der Buchmesse wieder. Wir gingen an einen Stand, und er fragte nach Borchardts Buch. Ein Jahr später zitierte er in einem Vortrag aus dem *Leidenschaftlichen Gärtner*, und auf einer noch späteren Tagung Borchardts Übersetzung von Dantes Göttlicher Komödie. Der Name Rudolf Borchardt wird uns ein Geheimcode bleiben. Er wird immer auch jenes Wochenende im August bedeuten.

153 In meiner Mailbox finde ich eine Nachricht: »I love you.« Der Absender ist mir unbekannt. Ich maile zurück: »Sehr geehrter Herr, sehr geehrte Dame, vielen Dank für Ihre message. Allerdings muß ich, so sehr ich auch davon geehrt und erfreut bin, (bestimmt leider) annehmen, daß sie für jemand anderen gemeint war, da ich niemanden Ihres Namens kenne. Viel Glück und meinen Gruß an die/den Glückliche/n.« Ich glaube, daß diese e-mail von meinem Nicht-Geliebten stammt.
In den Verbänden, in denen ich aktiv bin, werde ich wegen meiner Höflichkeit geschätzt. Nur wenn jemand allzu lange redet, unterbreche ich, und dann mit den Worten: »Ich glaube, ich

habe Ihre Frage jetzt verstanden.« Bin ich verärgert, frage ich mehrfach nach, ob ich den Beitrag wohl auch richtig wiedergegeben habe und bestimmt auch nicht mißverständlich formuliere. Die Menschen, die mich mit ihrer Beschränktheit am meisten in Rage bringen, begrüße ich ausgesucht freundlich.

Ich würde gerne einmal wütend sein. Es wäre mir eine Erleichterung, jemanden anzubrüllen. In meinen Phantasien schreit mich ein Mann an, er sei meine adeligen Prätentionen leid, und ich schleudere ihm entgegen, Proleten wie er hätten mir gar nichts zu sagen. Eine solche Szene würde mir wirklich gefallen.

154 Eine von meinem Nicht-Geliebten und mir gerne bemühte Metapher war, daß wir uns gegenseitig aufs Podest stellten. Ich achtete seine Lebenshaltung, er hielt mich für weise. Als ich ihm erkläre, daß ich ihn nie wieder sprechen will, sage ich es in höflichem Tonfall. Fürsorglichkeit liegt in meiner Stimme. Am nächsten Morgen schmerzt mir der Kiefer. Ich knirsche seit neuestem nachts mit den Zähnen.

Wie ist es wohl Maria gegangen, als mein Vater sich zum letzten Mal mit ihr traf? Gut, sie schenkte ihm ein Buch. An ihrer Stelle hätte ich hineingeschrieben: *Thanks for the memories.* Aber vielleicht haben wir auch nicht denselben Musikgeschmack. Sie schrieb *Bon voyage* und wußte, daß sie ihn nie wiedersehen würde. Wenn es mir so schwerfällt, eine Nicht-Liebesgeschichte nach sechs Monaten zu beenden, wie ist es ihr dann nach achtzehn Jahren gegangen? Hat es sie verbittert? Sehnt sie sich noch nach ihm? Telephonieren sie miteinander?

Ich werde mir diese Fragen notieren.

Meine Mutter sagt, es sei nicht leicht für sie gewesen, als mein Vater sich mit Maria zum Abschied traf. Er war versetzt worden, in ein exotisches Land. Statt einen Direktflug zu nehmen, verabredete er sich mit Maria an einem geographisch unsinnigen Ort. Das Flugzeug hätte linksherum um den Erdball und nicht rechtsherum fliegen sollen, und anhalten schon gar nicht.

Wie war ihre letzte Begegnung? Ihre letzte Nacht? Worüber sprachen sie? Sie werden gesprochen haben, so viel ist mir jetzt klar. Über meine Mutter und darüber, daß sie meinen Vater nicht so versteht, wie Maria ihn versteht? So verstehen nur Geliebte die Männer. So verstehe nur ich meinen Nicht-Geliebten. Sagt mein Nicht-Geliebter. Mir. Seiner Frau wird er das nie gesagt haben.

Hat Maria geweint beim Abschied? Mein Vater? Er hat dicht am Wasser gebaut, das weiß ich. Meine eigenen Anfälle von Rührung zu allen möglichen unpassenden Gelegenheiten sind genetisches Erbe von ihm und vom Vater meiner Mutter. Das sind die beiden Männer, die meine Mutter am meisten geliebt hat. Glaube ich, denn ich weiß eigentlich nicht genau, wen meine Mutter überhaupt geliebt hat.

155 Die Tochter meiner Schwester, meine Nichte, sagt bei Gottesdiensten in die Gebetsstille hinein vernehmlich »Halleluja«. Bei Liedern hebt sie die Arme über den Kopf und tanzt durch den Gang.

156 FROM: INTERNET:3224.789@t-online.de
TO: , [101730,3650]
DATE: 10. Apr 10:43:15
RE: Aufräumungsarbeiten
Liebe,
es kommt jetzt noch ein Brief. Er entstand hauptsächlich im letzten Monat, der Rest sind Anmerkungen zu unserem entsetzlichen Gespräch und das Dir ebenfalls schon vorher zugesagte Buch. Wenn Du das alles nicht lesen willst, dann entsorge es bitte, jetzt oder später; eine Rücksendung würde hier aber Probleme schaffen.
Dein unerwartetes Explodieren hat mich völlig unvorbereitet auf dem falschen Fuß erwischt, aber ich kann auch hier nichts anderes sagen als »Zu Befehl!«
Dein tieftrauriger
Nicht-Geliebter

157 Wann bin ich denn explodiert? Und wann war das Gespräch entsetzlich? Es war endlich einmal deutlich. Auf dem richtigen Fuß zu stehen hätte wohl bedeutet, daß diese heimliche Nicht-Liebe weitergeht, daß mir dauernd Karotten vor die Nase gehängt werden. Probleme zu Hause soll ich natürlich bittschön auch nicht schaffen.
Ich glaube, heute wäre ich nicht besonders höflich am Telephon. Auf Sätze wie *Du bist die Frau meines Lebens* oder *Herzchen, weißt du eigentlich, wie sehr ich dich liebe?* könnte ich nicht anders als höhnisch reagieren. Und tiefe Traurigkeit ist mir völlig gleichgültig.
Ich muß unbedingt meinen Vater fragen, wie eine ideale Geliebte sich verhält. Ist eine ideale Geliebte automatisch so, oder muß man sie sich erziehen? Wieviel halbe Versprechungen, angedeutete Möglichkeiten, Hoffnungen braucht es, um sie bei der Stange zu halten, und ab wann muß man aufpassen, daß sie es nicht für bare Münze nimmt? Wie war das für Maria? Hegte sie anfangs die Vorstellung, mein Vater könnte seine Familie verlassen und zu ihr ziehen? Ab wann hat sie resigniert? Oder war sie von Anfang an mit dem zufrieden, was er ihr bot? Wie war das in dem Jahr, als sie zusammenlebten? Ich gehe davon aus, daß sie zusammenlebten. Wie war ihr zumute, als meine Mutter in ihre Stadt nachzog?
Vor einiger Zeit wollte ich noch mit der Frau meines Nicht-Geliebten sprechen. Sie kennenlernen.

Die Lebensgefährtin meines zweiten ersten Mannes, der später noch eine Zeitlang zu meinen Freunden zählte, hatte ich kennengelernt. Darauf hatte ich es angelegt. Sie sei gerade zu Besuch, hatte er erzählt. Außerdem hatte er gesagt, Sauerkirschmarmelade esse er gerne. Ich hatte gerade Marmelade gekocht und brachte ihm ein Glas vorbei. Natürlich klingelte ich an der Tür. Die Lebensgefährtin meines zweiten ersten Mannes öffnete. Ich stellte mich vor und erklärte die Sache mit der Marmelade. Aber: Ob wir nicht einen Kaffee miteinander trinken wollten? Sie kam mit ins Café, obwohl es ihr peinlich war: ihr Nagellack blättere ab, sagte sie. Und daß sie ahne, ihr Lebensgefährte, also mein zweiter erster Mann, würde sie bald verlassen. Sie begreife nicht, wie er uralte Geschichten aus der Vergangenheit wieder aufwärmen konnte. Damit meinte sie mich.

158 Inwieweit übten die Geliebten meines Vaters Rache an ihm, wenn sie ihm Geschenke machten? Meine Mutter berichtete von einer Sonnenbrille mit dem Logo einer Fluggesellschaft. Mein Vater habe sie lange getragen. Wollte die Geliebte, die meinem Vater diese Brille schenkte, daß meine Mutter sie sähe? Fragen stellte? Meinem Vater eine Szene machte? Sich kalt abwendete? Wollten die Frauen meines Vaters auf dem Schlachtfeld meiner Eltern für Bewegung sorgen?

Mein Nicht-Geliebter möchte alles lesen, was ich schreibe. Sagt er mir immer wieder. Dissertation, Vorträge. Auch diesen Text. Ich glaube, ich werde meinem Nicht-Geliebten kein Exemplar schicken lassen. Soll er sich mein Buch doch selber kaufen. Wie ein Großer.
In welchem Film erklärt Lauren Bacall einem Mann, wie man pfeift? *You know how to whistle, don't you, Jack? You just purse your lips and blow.*
Du weißt doch, wie man sich ein Buch kauft? Man geht in einen Laden, vorzugsweise einen, der Bücher anbietet, und läßt sich das gewünschte Werk aus dem Regal holen. Dann bezahlt man und geht. Lesen muß man allerdings selber.

159 Bei einem der ersten Treffen mit meinem Nicht-Geliebten, den ich jetzt gerne als ehemaligen Nicht-Geliebten oder Nicht-mehr-Geliebten oder im Wortsinne Nicht-Geliebten bezeichnen würde, ging die Unterhaltung bis in die Nacht hinein. Damals müssen wir uns noch gesiezt haben, denn ich weiß, daß er sagte: »Aber Sie müssen noch arbeiten, Sie Arme. Ich darf Sie nicht länger aufhalten.« Ich erwiderte, ich sei doch schließlich ein großes Mädchen und könne selber entscheiden, wann ich ins Büro ginge. Das gefiel ihm. Fortan war ich sein großes Mädchen, gelegentlich sogar mit großem G: Großes Mädchen.

Vielleicht hat ihn unser letztes Gespräch deshalb so entsetzt, weil ich kein Mädchen mehr bin.
Von den Geliebten meines Vaters sprach mein Nicht-mehr-Geliebter als *Weibern*. Meine Mutter würde er unweigerlich als *Dame* bezeichnen. Damit wäre ich wohl auch ein *Weib*.
Eigentlich gefällt mir das ganz gut.

160 Ich bin zum Geburtstagsfest einer Freundin eingeladen, die gerade ein Buch über die Inszenierung des Privaten veröffentlicht hat. Meine Geschenke sind ein Windlicht und dieser Text. Ich werde zu spät kommen, weil ich noch daran schreiben mußte. Meine Freundin kennt mich gut und weiß, daß ich mich mit den landläufigen Vorstellungen von Pünktlichkeit schwer tue. Viel größere Sorge habe ich, was ihr Urteil über diesen Text angeht. Sie schreibt kritisch von der unaufhörlichen Konzentration auf das Innere, die sich als Zugewinn an Authentizität und Transparenz ausgeben will und doch nur zur Folge hat, daß man lügt, um sein Innerstes zu verbergen.

161 Traum
Meine Mutter ist gestorben. Ihr Körper liegt verdeckt auf einer Liege in einer kleinen Ferienwohnung mit lodengrün und gol-

den gemusterten Samttapeten und Kiefernmöbeln. Es gibt keine Türen. Mein Vater, meine Schwester und ich gehen durch die Wohnung und begegnen uns im Sterbezimmer meiner Mutter. Ich sage meinem Vater, ich wolle umziehen in eine größere Wohnung. Er versteht meinen Wunsch, sagt er. Ich rufe eine Freundin an. Nach einigen Belanglosigkeiten erzähle ich ihr, meine Mutter lebe nicht mehr. Ich weine sehr laut. Die Freundin schweigt. Ich sehe meinen Vater und meine Schwester in verschiedenen Zimmern der Wohnung stehen. Dann verlasse ich sie. Auf dem breiten, baumbestandenen Mittelstreifen der Straße merke ich, daß sich die Sohle von meinem Schuh löst. Hinter mir gehen Menschen, die sich miteinander unterhalten.

162 Der Postkarten-Empfänger führt Gespräche. Er führt sie, sagt er, und betont das Verb. Nie hätte er sich nach einer Unterhaltung fragen müssen, wie sie gelaufen sei, was ja überhaupt ein scheußlicher Ausdruck sei. Immer hätte er nachvollziehen können, worüber man gesprochen habe. Um dies besser tun zu können, mache er sich vor einer Verabredung Notizen, was er ansprechen wolle, und bringe diese Punkte einen nach dem anderen ins Gespräch. Nur der Vorsitzende der griechischen Handelskammer damals, dem sei nicht beizukommen gewesen. Der habe sich andauernd über private Vorlieben austauschen wollen.

Ich lache. Nun würde ich ja nie mehr unbefangen mit ihm sprechen können. In welche Richtungen sei ich denn bislang gelenkt worden? Mir gefällt es, wenn er überrascht zurücklachen muß. Ich glaube, ich gefalle dem Postkarten-Empfänger. Wie viele Männer seines Alters mag er es, wenn ich etwas frecher formuliere. Damen haben diese Herren wohl genug gesehen im Leben. Über eine Fassadenverkleidung sagte ich einmal im Vorbeifahren, sie sehe aus wie der Fußbodenbelag einer öffentlichen Bedürfnisanstalt. Fast wäre er in ein anderes Auto hineingefahren, weil er mich ansehen mußte. Das bemerkte ich natürlich nicht, sondern wandte mich allgemeineren Fragen der Architektur unserer Stadt zu. Das ist immer unser Thema.

163 Unruhe treibt mich durch die Wohnung. Ich gehe ins Schlafzimmer und habe dort schon vergessen, was ich suchte. Unter die Dusche gehen mag ich nicht. Bis in die Mittagszeit sitze ich im Morgenrock am Schreibtisch und führe Telephonate, kläre Rechnungsbeträge und verhandle neue Aufträge. Ich möchte festhalten an meiner Nacht, an ihren Träumen.
Ich möchte nicht hinunter zum Postkasten. Den Brief, der darin liegt, möchte ich nicht lesen.

164 »Ich hatte tatsächlich geglaubt, endlich einen Zipfel dessen erhascht zu haben, was man so Leben nennt. Es scheint aber für mich wohl doch nicht vorgesehen zu sein.«
»Wieso gerade Du, und ausgerechnet jetzt, dem romantisch verklärten Familienbild huldigst und meinst, dort solle ich neue Kraftquellen erschließen, ist mir allerdings schleierhaft.«

165 Ich wache früh am Morgen auf. Eine Schulter liegt frei. Die Decke darüberzuziehen bedeutet, daß die Kälte aus dem offenen Fenster auf meine Füße fällt. Also ziehe ich die Beine hoch. Am Bauch zieht es kühl in meinen Kokon herein. Ich gebe auf, nehme mir das Buch von der Nacht. *Slaughterhouse* 5 von Kurt Vonnegut.
Meine Träume behalte ich, obwohl ich morgens lese. Daß ich einen Betrunkenen stütze. Daß ich dabei an mir herabschaue und feststelle, ich sei unmöglich angezogen. Wollstrümpfe zu Pumps. Immerhin passen sie farblich zu meiner Jacke. Daß ich mit meiner Schwester durch Boutiquen gehe und schöne Stoffe betaste.
In der Küche höre ich meinen/meine Mitbewohner/in Kaffee aufsetzen, dann ins Bad gehen. Ich gehe oft in die Küche, während mein/e Mitbewohner/in sich anzieht, um ein Glas Wasser zu trinken und den Kaffeeduft zu riechen. Dann gehe ich wieder ins Bett, bis mein/e Mitbewohner/in fort ist.

In unserem Haus ist eine Wohnung freigeworden. Als ich bei der ehemaligen Mieterin eine Nachricht hinterlasse, hoffe ich, daß sie nicht zurückruft.

166 Kein Telephonat mit dem Mann, der ehemals als mein Nicht-Geliebter galt, raubt mir den Schlaf. Kein Grundsatzgespräch zur Klärung der Verhältnisse in der Wohngemeinschaft. Keine Annäherung aus unvermuteter Richtung. Meine Unruhe hat keinen Anlaß außer dem Wissen, daß eine solche Stille gefährlich ist.

167 Mein bester Freund hat meine Eltern an ihrem Ferienort besucht. Sechs Tage seien sie ein fast unerträgliches Liebespaar gewesen, sagt er. Küßchen hier und Küßchen da, Händchenhalten unter Bäumen. Am Tag seiner Abreise, die letzte Tasse Kaffee vor der Abfahrt ist geleert, bricht es aus meiner Mutter heraus, erzählt mein bester Freund. Sie wolle sich scheiden lassen. Auf Familienfesten würde man sich aber freundlich begegnen. Meinem besten Freund zittert die Stimme, während er mir diese Geschichte erzählt. Mein Vater, sagt er, hätte daneben gesessen und geschwiegen.
Ein Mann und eine Frau gehen auf einen Empfang. Es ist ein wichtiger Empfang bei einem der Vorgesetzten des Mannes. Man

plaudert angeregt, lernt neue Menschen kennen und trifft vertraute Kollegen. Das Licht geht plötzlich aus. Als es wieder angeschaltet wird, geht ein leises Keuchen durch den Raum. Der Mann löst sich gerade aus den Armen einer Frau. Es ist eine andere Frau als seine. Er wischt sich ihren Lippenstift vom Mund. Seine eigentliche Frau unterhält sich weiter mit den Cocktailgästen. Sie erzählt von der Schule ihrer Kinder. Es ist eine sehr gute Schule, sagt sie, auf die nur die allerbesten Lehrer entsandt werden. Ihre Gesprächspartner blicken sich diskret um. Nach ihrem Mann. Nach der anderen Frau. Es wird leise gesprochen. Die Frau ist sich nicht sicher, ob nicht sie Thema des Gesprächs ist. Oder ihr Mann. Irgendwann gehen der Mann und die Frau. Sie wird ihn nie wieder auf einen Empfang begleiten.
Das nächste Familienfest steht an. Meine Mutter wird an den ersten beiden Abenden mit meinem Vater turteln. Entzückende Enkel hat sie doch, und ist das Leben nicht einfach schön? Am letzten Morgen wird sie der versammelten Familie die Scheidungsabsichten offenbaren. Mein Vater wird daneben sitzen und schweigen. Sprechen werde wahrscheinlich ich. Sie solle endlich aufhören, uns mit diesen Ankündigungen zu langweilen. Dann solle sie eben ausziehen und sich eine Stelle suchen. Und im übrigen würde ich es begrüßen, wenn wir jetzt ein Thema von allgemeinem Interesse fänden.
Demütigung ist ein Spiel mit dem Plumpsack.

168 FROM: INTERNET:3224.789@t-online.de

TO: , [101730,3650]

DATE: 3. Mai 12:14:08

RE: Tagung

Hat Dich die Nachricht erreicht, daß ich nicht werde kommen können? Auf ein Wiedersehen nach so langer Zeit verzichten zu müssen fällt mir wirklich sehr schwer. Aber es entspricht genau dem, was Du mir seit Monaten unermüdlich einbleust. Wenn Dir aber mittlerweile Zweifel gekommen sind, ob dies die richtige Richtung ist, dann sag es mir bitte. Oft habe ich Dir gegenüber den Kurs gewechselt, aber wenigstens kein Hehl daraus gemacht. Worum ich Dich immer gebeten habe, war Offenheit, und war selber offen mit Dir. Gerne läse ich etwas von Dir, um wenigstens auf einem solchen Wege zu erfahren, womit Du Dich beschäftigst. Wenn Dir die Konsequenzen Deiner Entscheidung unerträglich werden, dann war es eben nicht die richtige. Schon gar nicht, wenn Du Dir Luft machen mußt, indem Du über Dritte ungerechte Vorwürfe an meine Adresse schickst! Kämpfen allerdings werde ich weder dagegen, noch überhaupt gegen Dich.

FROM: , [101730,3650]

TO: INTERNET:3224.789@t-online.de

DATE: 3. Mai 15:07:33

RE: Re: Tagung

Lieber,

danke für Deine Mail. In aller Kürze nur, um ein offensichtliches Mißverständnis auszuräumen:

Deinen Satz von wegen ungerechter Vorwürfe verstehe ich nicht, vermute aber dahinter eine Stille Post, die – das kennen wir aus Kindertagen – zwar sehr lustig sein mag, in ernsteren Dingen aber eben nicht funktioniert.

Daß wir uns nicht sehen werden, erleichtert mich. Es wäre mir schwer gefallen.

Ich schreibe derzeit nicht weiter, weder an der Dissertation noch an anderem, weil die Realitäten meines Lebens im Augenblick mehr Raum einnehmen. Ob mein Text so veröffentlicht wird, steht allerdings in den Sternen. Die Fiktion könnte als autobiographisch mißverstanden werden.

Im übrigen bin ich nicht besonders angetan von dieser Mitteilerei über meinen besten Freund. Der hat derzeit selber genug um die Ohren.

Um es noch einmal deutlich zu formulieren:

Die Dinge haben sich vor einigen Wochen zwischen uns geklärt. Ich stehe nach wie vor zu unserem gemeinsamen Entschluß und bitte Dich, das auch zu tun. Es ist, so schmerzlich es sein mag, gut so.

169 Auf der Tagung, an der ich nun nicht gemeinsam mit meinem Nicht-Geliebten teilnehme, bleibe ich auf meinem Hotelzimmer. Ich versäume den Eröffnungsvortrag der Koryphäe, deretwegen sich alles versammelt hat. Es ist mir egal. Nein, es freut mich sogar. Ich bestelle eine Kanne Tee, rauche im Nichtraucherzimmer, höre Tom Waits und verfluche die aufdringliche Sonne, die auf eine idyllische Landschaft scheint.

Der Versuch, nach einer kurzen Nacht weiterzuschlafen, scheitert an den Gedanken an meinen Nicht-Geliebten. Mein bester Freund hat mir einen Brief mitgebracht, der nicht an mich gerichtet ist, aber mir gilt.

»Dann werde ich eben in der Dankbarkeit dafür weiter zu leben haben, daß es einen solchen Menschen auf der Welt gibt, und daß er mich einmal geliebt hat.«

170 *I'm just a scarecrow without you,*
baby, please don't disappear,
I beg your pardon dear.
Tom Waits
Ich mag nicht mehr.

171 Mein bester Freund rät mir jedes Mal, wenn er mich sieht, ich sollte endlich einmal einen Vierzigjährigen erhören. Also sagte ich einer Esseneinladung zu. Der Verehrer kochte nur für mich. Lasagne, Quarkspeise zum Dessert. Später hörten wir Musik. Die sei ihm sehr wichtig, sagte er. *Resta stasera con me, sarò gentile con te* … Ich tue so, als verstünde ich kein Italienisch.
Der Wochenend-Mann rief einmal an, als ein Fußballspiel gerade zu Ende gegangen war. Deutschland hatte gewonnen. Ich hatte das Spiel gesehen. Mein erster Satz war: »Wir haben gewonnen!« Ich glaube, in dem Moment hat der Wochenend-Mann mich geliebt.
Er rief mich oft spontan an. Das konnte auch spät in der Nacht sein. Er müsse mir unbedingt eine Aufnahme vorspielen. Diesmal war es der Rosenkavalier. Ob das nicht einfach wunderbar dirigiert sei? Es war die Arie des Baron Ochs: *Mit mir keine Nacht dir zu lang*. Ich glaube, in dem Moment habe ich den Wochenend-Mann geliebt.

172 Ich nehme ein zweites Dragée. In der Apotheke verkaufte man mir die höher dosierte Variante. Das täte mir sicherlich gut, sagte die Apothekerin.

You can't unring a bell, junior.

It'll cost you to get out of this one, junior. Take it a like a man. Suffer.

Tom *Waits*

173 Wasser. Wenn ich schwimme, bin ich ganz. Ein Kilometer, zwei. Im Meer kämpfe ich mit den Wellen oder lege mich auf den Rücken, lasse mich treiben, starre hinauf in die Sterne eines Nachthimmels. Er gewinnt Realität, wenn ich darüber schreibe. Als ich meinen Nicht-Geliebten noch siezte und ihm Briefe schrieb, erzählte ich ihm davon.

»Seit meiner Rückkehr aus dem Urlaub bin ich nun schon einmal mit meinem/meiner Mitbewohner/in schwimmen gewesen. Es war herrlich, wenn auch ganz ungewohnt, in Süßwasser zu schwimmen. Bei meiner Runde um den See legte ich mich mitunter auch auf den Rücken und schaute mir den Dämmerungshimmel an: Linde Wölkchen auf rosa gestreiftem, pastellblauen Himmel, Dämmerung über dunklen Baumwipfeln. Da ist die Erinnerung an die schwarze italienische Nacht doch eine ganz andere, aus der – den hellerleuchteten Lidos fast zum Trotz – die Sterne herableuchten.«

Ich weiß noch, daß ich mich getragen fühlte. Und daß mich die Lust überkam, mich wieder umzudrehen und hinauszuschwimmen, bis es nicht mehr ginge.

An einem Fluß in meiner Stadt steht ein Hotel. Nachts wird von dort aus das historische Gebäude gegenüber mit riesigen Strahlern beleuchtet. Es ist taghell dort. Auf dem Wasser des träumenden Flusses spiegeln sich kleine Reflexe. Ich sehe in die Fenster des Hotels. Einmal habe ich dort eine Nacht verbracht. Mein Geliebter für ein paar Stunden wollte, daß ich die Vorhänge zuziehe. Ich lachte – wer solle denn von da drüben hineinsehen? Heute weiß ich, daß er recht hatte.

174 Diese Augenblicke des Glücks. Durch die Stadt zu gehen, mitten in den Besorgungen aufhören zu müssen, umzukehren, um das Diktat im Kopf zu notieren. Wenn das nicht geht, dann wenigstens eine Notiz auf eine Taxiquittung: Vorhänge, Ubique Verrat. Zu wissen, daß diese Notate mein Geheimnis sind, das zu entschlüsseln noch ansteht. Das ist Glück. Meines jedenfalls. Ich weiß nicht, wie lange ich es noch werde halten können.
Vor einigen Tagen starb die Tochter von Bekannten mitten in der Nacht. Sie war so alt wie ich. Ein Herzinfarkt. Sie galt als das, was im Telephonat immer mit einem Ausrufungszeichen versehen wird: kerngesund! Derlei passiert eben, sagt eine gelassene Stimme in mir, während ich mit meiner Erschütterung kämpfe. Die Stimme trägt eine Hoffnung in sich. Todestrieb, hat Freud das so genannt? Dieser Wunsch wenigstens ist eindeutig und un-

verändert. In seiner Dauerhaftigkeit unterscheidet er sich von dem Musterkoffer an Lebensentwürfen, der sich meine Vergangenheit nennt.

175 Auf der Tagung sitzt ein Mann neben mir, dessen Referat mich beim letzten Mal beeindruckt hatte. Er schenkt mir beim Abendessen sechs Geschichten. Sie drehen sich um Bordellbesitzer auf den Bahamas, moderne Reliquienbehältnisse, Pianolas und Wunderglauben, letzteres zweimal. Die sechste Geschichte ist seine Geschichte. Ich werde sie nicht erzählen.
Ich breche früher von der Tagung auf. Das Wetter verpflichtet mich zu einem Ausflug in eine pittoreske Stadt in der Nähe. Blühende Obstgärten, die leeren Versprechungen der Rapsfelder entlang den Landstraßen. Dann Kopfsteinpflaster, Fachwerkhäuser, spazierende Paare. Ich gehe in den Dom, schaue mir Monstranzen, Stolen, ein riesiges Kreuz an. Die weihrauchschwere Luft beruhigt. Ich zünde eine Kerze an. Für meinen Nicht-Geliebten.
Als ich aus der Kirche trete, schlägt mich die kleinstädtische Gemütlichkeit wie mit einer Keule. Ich haste zum Auto, rase aus der Stadt über die Straßen. Den Radiosender habe ich auf eine Techno-Station eingestellt. Laut. Es ist nicht klar, was der Rhythmus und was das Rauschen der Funkstörungen ist. Die blank-

geputzten Gärten und Häuser hämmern durch die Scheiben auf mich ein. Im Rückspiegel sehe ich kleiner werdende Autos. In der im Krieg zerstörten Stadt suche ich unter häßlichen Neubauten den Bahnhof. Als ich am Gleis ankomme, ist der Zug seit drei Minuten abgefahren.

176 Eines der ersten Photos im Album meines Vaters ist das von einem Spinnennetz. Es ist früh am Morgen aufgenommen worden, denn es hängen Tautropfen daran. Kleine, glitzernde Juwelen blinken in einer Sonne, die der Betrachter nicht sieht. Hinter dem Spinnennetz ist alles schwarz. Die Spinne ist nicht zu Hause.

Wie es wäre, wenn mein Nicht-Geliebter auf der Tagung gewesen wäre. Wir hätten beide ein Referat gehalten. Wie immer hätte er mich vorher gemahnt, ich solle mich kurz fassen. Wie immer hätte er selbst einen feingeschliffenen Essay vorgelesen. Und wir hätten uns, wie immer, in der anschließenden Diskussion gekabbelt. Nach dem Mittagessen wären wir aufgebrochen, um die Gegend zu erkunden. Wir wären durch die sanft rollende Hügellandschaft gefahren, in einen Feldweg eingebogen, und hätten die Türen des Autos geöffnet. Für einen Spaziergang wären wir zu träge gewesen. Auf der Fahrt zurück zum Bahnhof hätten wir in einem idyllischen Städtchen auf dem Weg einen

Kaffee getrunken, hätten uns eine Kirche angeschaut und uns an deren Schatz begeistert. Das prachtvolle Goldkreuz aus dem frühen Mittelalter, seine aufgesetzten Kameen aus der Antike, der Bergkristall über den Splittern vom Heiligen Kreuz, die Glut der Rubin-Cabochons. Wir hätten uns gestritten, warum in manchen Perlen ein Bohrloch zu sehen ist, und vor allem: warum die Perlen so plaziert sind, daß man es sehen kann. Ich hätte vermutet, daß daran noch weiterer Schmuck angebracht gewesen sein könnte. Mein Nicht-Geliebter hätte sich über meine Tendenz *to gild the lily* mokiert. Ich hätte ihn gefragt, ob er denn einen besseren Vorschlag hätte. Wahrscheinlich hätte er den gehabt. Wir wären entlang baumbestandener Landstraßen geradewegs zur Bahnhofsstadt gefahren und hätten den Zug pünktlich erreicht.

177 Wie es wäre, wenn ich jetzt vom Bahnhofscafé aufbräche. Ich würde meinen Milchkaffee und mein großes Glas Wasser bezahlen, meine Tasche mit der vielen unerledigten Arbeit nebst ungehörten CDs und meinen Koffer nehmen und den nächsten Zug besteigen. Ich führe zum nächsten Flughafen, legte dort meine Kreditkarte auf einen Schalter und reiste ab.
In der Karibik, heißt es, lassen sich trefflich neue Biographien erfinden.

Ich bleibe. Kinder quengeln an den Nachbartischen um ihr Sonntagseis. Am Tisch neben mir sehe ich eine Frau weinen. Sie wischt sich eine gehorsame Träne vom Gesicht, als wolle sie den rollenden Tropfen in seiner Bahn aufhalten und wieder zurück ins Auge schieben.
Es heißt, der Bürgermeister von Glückstadt ließe sich scheiden.

178 Im Zug reise ich mit einem tragbaren CD-Spieler. Er löscht das Gegröle der in die Kasernen einrückenden Wehrpflichtigen, die Gespräche von wochenendverreisten Arbeitskollegen, das Greinen müder Kinder. Ich schaue auf die vorbeieilende Landschaft, die jungen Alleen an sanften Abhängen. Die Bäume greifen nicht mehr nackt in den Himmel, sondern sind vom Frühling zu hellgrünen Büscheln aufgepustet.
Eine Niemandszeit, diese sogenannte Fahrt nach Hause. Das Fenster reflektiert mein Montagsgesicht.
Was sich Zuhause nennt, ist bei einer unerwünschten Rückkehr die Hölle. Türen knallen und bleiben geschlossen. Musik hilft nicht weiter. Auch nicht der resigniert doch noch eingeschenkte Whiskey.

179 Ich stehe in einem Musikladen. Die unfertigen Klänge von Brandon Marsalis schweben in den großen schwarzen Muscheln um meine Ohren. Durch die Fensterscheibe des Ladens sehe ich den Besitzer des Blumengeschäfts gegenüber seine Töpfe und Eimer wegräumen. Es ist sieben Uhr. Eine Mutter mit Tragetuch kommt vorbei. Sie redet auf ihr Neugeborenes ein. Ein Mann geht hin und her, spricht in sein Handy. Der Empfang scheint nicht allzu gut zu sein, denn er nimmt das Gerät immer wieder vom Ohr, schaut es irritiert an.
Ein Paar steht an der Kreuzung. Sie halten sich an den Händen, lassen los, als sie sich anblicken. Plötzlich führen sie eine Tanzfigur aus.

180 Ein Sonderforschungsbereich feiert. Ich bin eingeladen. Der Festredner ist einer der berühmtesten Denker unserer Zeit. Unmöglich, die Einladung zu einem Vortrag von ihm auszuschlagen. Er spricht so brillant, wie seine Bücher sind. Gelegentlich bringt er seine Zuhörer zum Lachen. Das Auditorium lacht darüber, daß seine Eltern ihm »Gott sei Dank« – an dieser Stelle spricht er deutsch – anstatt des ursprünglich geplanten Shlomo einen weniger auffälligen Vornamen gaben. Ich glaube, er will uns aufs Glatteis führen. Wir sind im Lachen verwundbarer denn je.

Später stehe ich beim Empfang neben ihm. Er wendet sich mir zu, holt Atem für die übliche Cocktail-Frage. Da kommt eine Frau mit roten Lippen, spricht ihn an. Sie sei am Sonderforschungsbereich angestellt, hätte ihre Dissertation geschrieben über ein Thema, das ihn interessieren dürfte. Ich gehe und hole mir ein Glas Wasser.

181 Die Feige ist eine Frucht, die in eleganter Gesellschaft mit einem Obstmesser, vorzugsweise mit Elfenbeingriff, aber auch Ebenholz oder Silber sind akzeptabel, geteilt wird. Man schneidet sie von der Spitze bis zum stumpfen Ende zweimal durch, so daß eine vierblättrige Blume entsteht. Außen sind die Blätter blau-violett, innen und nun oben auf der Hand der Speisenden liegt das rote Fruchtfleisch, an seinen Spitzen von zartem Rosa. Bei Feigen darf man den Kopf etwas der Hand entgegenbeugen, um an den vier Blütenblättern das Fleisch abzusaugen. Ein rätselhafter, herber und doch süßer Saft füllt den Mund.

182 Als ich von der Veranstaltung wiederkomme, finde ich einen Zettel vor meiner Tür. Meine Freundin ist schon da. Wir waren erst für den nächsten Tag verabredet. Sie wollte mich überraschen, im Lokal gegenüber mit mir zu Abend essen. Steht auf dem Zettel. Und ich solle nicht über sie stolpern beim Heimkommen. Ich gehe auf Zehenspitzen an ihrem Lager vorbei. Es duftet nach ihrem Parfum. Sie ist es also wirklich.

Ich bin kein Abschiedsmensch. Das weiß ich. Bin ich ein Willkommensmensch?

Am nächsten Morgen steht sie um Viertel vor sieben in der Tür, kommt zu mir unter die Decke. Ich erinnere mich, wie es war, als Schulmädchen bei Freundinnen zu übernachten. Man wachte morgens gemeinsam auf. Ich kann mir heute nicht vorstellen, was wir uns damals zu erzählen hatten, aber offenbar sorgte die Trennung durch den Schlaf für neuen Gesprächsstoff. Meine Freundin und ich haben seit zwei Tagen nicht telephoniert. Es gibt also einiges zu erzählen.

Dann tragen wir ihre Koffer in die Wohnung, die sie für zwei Monate gemietet hat. Bringen ihren Leihwagen fort. Erkundigen uns nach den Preisen für ein Cabriolet zum Wochenende. Sie möchte im nächsten Monat mit mir verreisen.

183 Wir feiern den Auftakt der Zeit meiner Freundin in meiner Stadt in einem Lokal. Die Stimmung dort ist so gedämpft wie das Licht, das durch wenige Gazelöcher in den dunklen Vorhängen hereinfällt. Ein Ehepaar um die fünfundsiebzig hinter uns, gegenüber eine Gruppe von drei Männern in Anzügen und am

Nachbartisch eine schwäbische Kleinfamilie: Mutter, Vater, Sohn um Mitte Zwanzig.

Das Gespräch neben uns ist angespannt. Immer wieder der Satz »Laß mich gefälligst ausreden«. Später von der Frau: »Halt's Maul, du Idiot.« Und noch später: »Du hast doch über Jahrzehnte mit anderen Frauen rumgemacht.« Der Sohn meldet sich zu Wort: »Ich kann damit leben, solange sie sehr hübsch waren.« Sein Tonfall legt den Schluß nahe, daß eine oder mehrere der Vater-Geliebten äußerst unansehnlich waren.

Als die Gläser bei der zweiten Flasche Wein klingen, schaut die Frau ihrem Sohn tief in die Augen. Beim Anstoßen mit ihrem Mann geht ihr Blick zu mir. Ich glaube, sie säße lieber bei meiner Freundin und mir am Tisch. Das kann ich verstehen.

Bei der dritten Flasche prostet die Familie uns zu. Der Mann teilt uns mit, seine Frau und er seien seit sechsunddreißig Jahren verheiratet. Ich gratuliere, hebe das Glas: »Auf den Familientag!«

»Schön wär's«, entgegnet die Frau.

Beim dritten Grappa hält sie mit ihrem Mann Händchen und sagt: »Das ist mir unheimlich wichtig, daß du das jetzt sagst. Mir ganz persönlich.« Ich glaube, er hatte von seiner Unternehmensphilosophie gesprochen. Seine Mitarbeiter hätte er gefragt: »Wollt ihr den totalen Erfolg?« Als die Familie geht, nimmt die Frau den Arm ihres Mannes.

184 »Vater, erzähl vom Krieg.« Das verlangten wir eine Zeitlang jeden Abend beim Essen in der Küche, bis meine Mutter es verbot. Die Kriegsgeschichten meines Vaters waren für uns Abenteuer, in denen er und seine Geschwister Räuber und Gendarm spielten. Die russischen Soldaten und englischen Tiefflieger waren die Gendarmen.

Es gab auch andere Geschichten. Der polnische Kutscher reparierte die Uhr meines Vaters. Als er das Gehäuse aufmachte, lag im Uhrwerk ein Floh. »Maschinist kaputt«, sagte der Kutscher. Die saftigste Orange, die mein Vater je gegessen hatte, war von meinem Großvater gebracht worden. Eine Kiste war im Hamburger Hafen hingefallen, und die Orangen wurden einzeln aus dem Wasser gefischt. Mein Großvater hatte eine für die siebenköpfige Familie ergattert. Jeder bekam einen Schnitz. Von einem Sack voller Holzpantinen erzählte mein Vater, in lauter verschiedenen Größen. Jahrelang hätten sie Holzpantinen getragen. Mein Vater mußte uns den Begriff »Pantinen« erst einmal erklären. Auf der Flucht hätte er sich müde auf einem Rucksack niedergelassen. Sei entsetzt wieder aufgefahren. Meine Großmutter hatte ihr Strickzeug darin verstaut. Einmal kamen meine Großmutter, mein Vater und meine Onkel und Tanten in einem Schloß unter, im Musiksaal. Die jüngsten Geschwister meines Vaters legte man zum Schlafen unter den Flügel. Die beiden weinten die ganze Nacht. Zum Frühstück hätte die

Schloßherrin bemerkt, das sei ja eine interessante Hausmusik gewesen.

Nachdem die Familie meines Vaters in den Westen geflohen war, wohnte sie in einer Jagdhütte im Wald. Bevor die Holzpantinen kamen, liefen die Kinder barfuß zur Schule. Später fuhren sie Fahrrad. Waren es vierzehn Kilometer, von denen mein Vater sprach? Im Winter stopfte er sich Zeitungspapier unter die Jacke. Das sei eine prima Isolierung gegen den Wind, empfahl uns mein Vater.

Es war lustig, sich meinen Vater und unsere Onkel und Tanten als Kinder vorzustellen. Sie waren damals genauso alt wie wir, als wir die Geschichten meines Vaters hörten. Ich fragte mich, ob sie wohl auch mit mir gespielt hätten.

Wir sammelten junge Brennesseln für eine Suppe, die meine Großmutter oft gekocht hatte. Meine Schwester weinte, als es Mittagessen gab. Brennesseln brennen, und sie wolle innen nicht verbrannt werden. Eintopf brauchte meine Mutter gar nicht erst zu kochen. Mein Vater kann Eintopf nicht ausstehen. Ich auch nicht.

Als Teenager ging ich häufiger in die Rocky Horror Picture Show. Es war üblich, bei der Hochzeitsszene von Brad und Janet Reis in Richtung der Leinwand zu werfen. Mein Vater erwischte mich mit einer Tüte, als ich aus dem Haus gehen wollte. Das ginge nicht. Mit Essen spiele man nicht. Meine Mutter vermittelte zwischen uns. Sie erklärte mir meinen Vater und mich ihm. Ich glaube, ich durfte etwas Reis ins Kino mitnehmen. Vielleicht aber habe ich die Tüte auch zu Hause gelassen.

185 Fast auf den Tag fünfzig Jahre nach der Flucht fahren wir zum Ort, an dem mein Vater die ersten Jahre seiner Kindheit verbracht hat. Wir sehen das Feld, auf dem er mit seinem Bruder Rüben geklaut hatte, von Soldaten erwischt wurde und im Zickzack lief, um ihren Kugeln zu entgehen. Fahren durch den Hohlweg, durch den sie früh morgens in den Westen abgehauen waren, leise leise, die Kleinen durften nicht weinen.

Es ist strahlendes Wetter. Eine kleine Frühlingswärme wagt sich hervor. Wir fahren durch die Landschaft eines fremden Landes, in dem wir auch hätten groß werden können.

Nach der Rückkehr in meine Stadt kann ich zwei Tage lang nicht schlafen. Ich kreise unruhig durch die Wohnung, Schlafzimmer, Bad, Wohnzimmer, Schlafzimmer. Nirgends kann ich bleiben.

Bei Reisen trieb mein Vater uns immer wieder zusammen. Wenn einer von uns sich entfernte, gab es ein Donnerwetter. »Verdammt noch mal, wo kommst du denn jetzt her?« Der Weg zum Flugsteig, zum Omnibus, zur Bahn war ein aufgeregtes Hasten. »Wo bleibst du denn? Los, los, los!« Erleichterung, wenn wir sitzen.

186 Morgens wachte ich auf und fand schon wieder einen Knopf von meinem Nachthemd im Bett. Ich weiß nicht, wo die Dinger herkommen. An der Knopfleiste fehlt nichts. Rotseiden liegt er zwischen den Laken.
Mir war kalt in der Nacht. Ich muß die zweite Decke fortgetreten haben. Dieser Frühling läßt sich langsam an. Ich bin froh darum.
Als ich Kind war, sprach ich lieber Englisch. Ich kenne auch heute noch keine Sprache, die so schön und so häßlich und dabei doch wieder schön sein kann. Mein Vater konnte es nicht ertragen. In unserer Küche hing eine Tafel, auf der meine Mutter Besorgungen und Vorhaben vermerkte. Mein Vater schrieb eine Liste verbotener Ausdrücke darauf. Damit wir sähen, wie abstoßend sie seien, notierte er sie phonetisch. Ich kann mich nur an einen erinnern: »Git ada hia«. Get out of here. Hau ab. Das durften wir nicht mehr sagen.

187 Lieber Vater,
hoffentlich seid Ihr gesund und wohlbehalten aus Eurem Urlaub wiedergekehrt und habt Euch gut erholt. Von der Schwester höre ich, daß Ihr nicht in unsere Stadt kommen werdet.
Mir liegt sehr an dem Gespräch mit Dir, das wir vor drei Monaten vereinbarten. Ich hatte in den letzten Wochen viel Zeit, über das wenige, was ich weiß, über meine spärlichen und zweifel-

haften Erinnerungen nachzudenken. Jetzt würde ich gerne etwas mehr erfahren, das sich in mein Gedankengerüst einfügen ließe, es ergänzen oder auch zu Fall bringen könnte. Was auch immer geschieht – ich möchte einfach mehr wissen und weniger ahnen müssen.
Deine Tochter

188 Ich bin mir nicht sicher, ob dieser Brief nicht gelogen ist. So wichtig will mir das alles nicht mehr scheinen. Diese Geschichte ist schon jetzt meine. Sie gehört niemandem mehr als mir.

189 Meine Freundin und ich gehen schon wieder miteinander essen. Diesmal in einem indischen Lokal bei ihr im Quartier, wie sie das nennt. Sagte ich schon, daß meine Freundin aus der Schweiz kommt? Als wir später in einem Café noch einen Scheidebecher trinken, legt sie einen dicken helvetischen Tonfall über alles, was sie sagt. Es sei schon erstaunlich, daß die Lenkcher ihres Velos in meiner Stadt so schmutzig würden. Ihr Velo käme doch aus der Schweiz. Wie ihre Hände auch, sie sei schließlich auch Schweizerin. Offenbar sei der Dreck meiner Stadt stärker als die Reinlichkeit ihres Ländlis. Ich lache so laut, daß sich die Köpfe drehen. Das ist mir schon lange nicht mehr passiert.

Meine Schwester fragt, ob sie diesen Text sehen darf. Ich schlage ihr die Bitte ab. Das ginge jetzt nicht. Sie würde ja doch mit mir darüber sprechen wollen.

190 Mein/e Mitbewohner/in sucht eine Wohnung. Für sich. Ich bekomme den Grundriß eines Angebots gezeigt. Wohnzimmer, Schlafzimmer, Balkon. Sechzig Quadratmeter zu einem vernünftigen Preis. Wir diskutieren die Adresse, das Stockwerk, ob es auch hell genug sein wird, wie weit der Weg zum Büro ist.

I'd give you Boardwalk and Park Place and all of my hotels.

Tom Waits

191 Ein Freund hat Geburtstag, fällt mir plötzlich ein. Ich rufe meine Schwester an, damit sie es nicht vergißt. Ihr erster Satz: »Denk dran, nächste Woche hat unser Freund Geburtstag.«

Seit meine Freundin in der Stadt wohnt, sind meine Grenzen weniger hoch gemauert. Es gibt keine Schießscharten mehr, durch die ich eine feindliche Umwelt betrachte. Das liegt an meiner Freundin. Sie ist, was Martin Buber als einen Menschen leidenschaftlichen Geistes bezeichnet hat.

192 *»Andererseits hatte sie sich mit einer ganz einfachen Bemerkung, daß ich nämlich auf mich aufpassen solle, von mir verabschiedet, die mich wiederum rührte.«*

Thomas Bernhard

Paß auf dich auf war der Satz, mit dem ich One-night-stands beschied beim Auf-Wiedersehen-Sagen, das weder so gemeint war noch ernst genommen wurde. Ich fand, der Spruch hätte die richtige Mischung an Distanz und Zuneigung. Ich sagte es mit dem gleichen routinierten Tonfall, mit dem sich mein zweiter erster Mann einige Male von mir verabschiedet hatte: »War schön mit dir.«

Nach einer dieser Nächte reiste ich am nächsten Morgen ab, der eigentlich ein Nachmittag war. Der Mann, von dem ich heute den Namen nicht mehr weiß, wobei ich nicht sagen kann, ob ich ihn damals überhaupt wußte, verließ mit mir die Wohnung. Ich küßte ihn auf den Mund, sagte meinen Satz auf und stieg ins Taxi. Das Armaturenbrett war ein Biotop für kleine grüne Plastikfiguren. Saurier, Spacewarriors, Comic-Helden, Ninja-Turtles, Bären starrten mich an. Der Fahrer fragte, was denn mit dem jungen Mann wäre. Ich sagte, der hätte einen anderen Weg.

Das war in der Vorweihnachtszeit gewesen. Ich war in eine Jazzbar geflüchtet, in der die Musik ordentlich, das Publikum angenehm und der Barkeeper freundlich waren. Der Mann sprach

mich an der Bar an. Was er sagte, weiß ich nicht mehr. Wahrscheinlich redete er von seiner Arbeit. Es endete damit, daß ich ihm meine Telephonnummer gab und ging. Als ich zu Hause ankam, klingelte es. Er wolle mich jetzt sofort sehen. Also gab ich ihm meine Adresse. Als ich später zu dem, was als Frühstück gelten sollte, einen Tee aufsetzte, küßte er mich und raunte mir ins Ohr, er liebe mich und beim nächsten Treffen sollte ich einen grauen Faltenrock tragen und darunter Strapse. Ich lachte bei der Vorstellung laut auf.
Mein *Paß auf dich auf* fiel ausreichend deutlich aus. Der Mann rief mich nie an, und ich sah ihn nicht wieder.
Das war mir recht so.

193 Der Geschichtenschenker auf der Tagung, auf der mein Nicht-Geliebter nicht war, lenkte die Unterhaltung auf die Beziehungen zwischen Männern und Frauen. Er fragte, ob ich mich für eine Misanthropin hielte oder nur Männer nicht möge. Männer seien ja auch Menschen, antwortete ich, und als Menschenfeindin … Aber Angst hätte ich schon ein wenig. Ob er denn keine Angst vor Frauen hätte? Nein, er wäre nur gelegentlich verunsichert. Er ist vierundzwanzig Jahre älter als ich. Also glaube ich ihm das. Außerdem ist er klein, intellektuell, verheiratet und hat vier Kinder. Ich gab ihm trotzdem meine Karte.

Ich gehe auf eine Abendessenseinladung. Es geht um Literatur. Ein mir unbekannter Gast deutet die Psyche eines Autors, der meistens als Ich-Erzähler schreibt. Ich stelle lieber nicht die Frage, ob der Gast den Autor jemals erlebt oder gar gekannt hätte.

194 Ein langer Brief an den Postkarten-Empfänger schließt »und ich entschuldige mich auch ein wenig für die Unordnung dieser Gedanken. Aber nicht sehr«. Der Postkarten-Empfänger wird derlei nicht gewohnt sein. Es macht mir Spaß, ihn ein bißchen zu irritieren. Ich glaube, er läßt das gerne mit sich geschehen.

Mein/e Mitbewohner/in und ich gehen aus. Zu getrennten Veranstaltungen. Es geht fröhlich zu in unserer Wohnung. »Nein, also, mit dem Fummel ... ich würde nicht mit dir reden, du etwa?« »In der Farbenkombination passe ich ja direkt zu dir. Schade, daß wir nicht miteinander ausgehen.« Seit die Dinge geklärt sind, herrscht ein freundliches Drängeln vor dem Spiegel, tönt es laut »Bad ist frei!«

195 Auf dem Schreibtisch seines Studentenzimmers, so erzählte mir ein Mann, hätte ein Bild seiner Freundin gestanden. Sie hätte an einem anderen Ort gewohnt. Von keiner der Frauen, die sich in ihn verliebt hätten, und davon hätte es genug gegeben, sei je eine Frage zu diesem Bild gekommen. Genial, oder? fand der Mann. Die Zurschaustellung der größten Geheimnisse ist das wirksamste Versteck. Und lügen hätte er nie müssen.
Ich träume dieser Tage von meinem Nicht-Geliebten. Eigentlich jede Nacht. Wenn ich morgens aufwache, sind die Bilder fort, nicht aber das Bewußtsein, daß er bei mir war.

196 Ich bereite einen Cappuccino. Drücke den sanft nach Schokolade duftenden Espresso-Kaffee im kleinen Metallbecher fest, der dann mit einem energischen Ruck in die Halterung der Maschine gedreht wird. Wenn die Tasse halb gefüllt ist, muß man das Glasgefäß mit der Milch unter ein dünnes Metallrohr halten, aus dem heißer Dampf entweicht. Damit schäumt man die Milch auf. Es ist ein merkwürdig gepreßt wimmerndes Geräusch, das entsteht, wenn man das Röhrchen gerade so knapp über der Oberfläche hält. Das Volumen der Milch verdreifacht sich, während man den Glasbecher sanft auf und ab bewegt. Die Blasen werden immer kleiner, bis ein weicher, sanft nach oben gerundeter, weißer Hügel im Glas ruht. Ich löffle den Schaum in die Tasse, während darunter ein Milchstrom hineinrinnt. Am Rand bilden sich hellbraune Kaffeeinseln.

197 Wir machen einen Ausflug in die Berge. Über uns ziehen Nebelschwaden den Abhang entlang: »Kinder, wir gehen Wolken jagen!« Auf einer Wiese laufen wir den flüchtigen Fetzen hinterher. Sie schweben ganz dicht über dem Boden, knapp unter unseren Knien. Man muß sich bücken, um sie zu berühren. Das gelingt nicht, denn die Wolkenkinder weichen aus, sobald sich eine Hand ihnen nähert. Schnell sind sie außerdem, kommen auf einen zu und scheren so plötzlich aus, daß einem ganz schwindlig wird. Ich bleibe stehen, drehe mich um. In der Ferne sehe ich meine Eltern stehen. Meine Schwester läuft im Zickzack zwischen uns hin und her. Ich bin mir sicher, daß ich glücklich war. Ich glaube, wir waren es alle.

198 Auf einer Abendesseneinladung gibt es zum Dessert Schokoladenmousse. Als ich beim Auflegen sehe, daß darin Stückchen liegen, nehme ich mir drei Löffel. Eine gute Mousse au Chocolat tröstet einen über alles hinweg. Über zu laute Musik, Möchtegern-Psycho-Literaten und die Geschichte eines Freundes, den ich zuletzt vor vierzehn Jahren gesehen hatte.

Das war, nachdem ich ihn angerufen hatte. »Mir fällt die Decke auf den Kopf. Kannst du bitte kommen?« Er war innerhalb von zwanzig Minuten da. Als er mir gegenüber saß, wußte ich nicht zu sagen, was mich zum Telephon getrieben hatte. Er fragte nicht nach, wollte nicht wissen, wozu ich ihn bestellt hatte. Dafür liebe ich ihn noch heute.
Für die vergangenen vierzehn Jahre häufen wir geplatzte Verlobungen, Traum-Lieben, verschiedene Lebens-Neuentwürfe, jeweils einen Umzug in eine andere Stadt und seine scheiternde Ehe zwischen uns auf. Ein Berg gleich dem Haufen Mousse auf meinem Teller. Mit jedem neuen Schicksalsschlag esse ich einen Löffel. Gelatine ist nicht darin, kein Kaffee oder Schnaps. Nur Schokolade, wie es sich gehört.

199 Am Morgen nach dem Abendessen mailt mir mein alter Freund das Tageshoroskop aus dem Internet. »Herz ist Trumpf! Venus zwingt Sie in die Knie! Liebe ist wunderbar. An den Stimmungsschwankungen müssen Sie arbeiten.«
Mein/e Mitbewohner/in regt an, ich möge mir doch eine Wohnung suchen. Für mich. Aber meine/e Mitbewohner/in hofft inständig und von ganzem Herzen, daß ich das nicht als Rausschmiß empfinde und wiederholt den Satz noch einmal: »Bitte fühl dich nicht rausgeschmissen.« Mein/e Mitbewohner/in

möchte mich nämlich unbefangen auf freiwerdende Wohnungen hinweisen können. Ohne daß ich mich … Ich beende den Satz: »Ohne daß ich mich dadurch rausgeschmissen fühle.«

200 Mein Nicht-Geliebter hat meinen besten Freund besucht. Erzählt mein bester Freund. Mein bester Freund kommt demnächst mich besuchen. Meine Eltern hat er schon gesprochen. Also rufe ich meinen Vater an. Er hat Zeit an dem Termin, den ich ihm vorschlage.

201 Sendeprotokoll

Fax + 492188755401 an Fax (021)8594395, 19:05 Uhr

Liebe,

diese Welt wird mir langsam zu klein. Jeder kennt jeden, redet über noch andere, weiß über dies und jenes und anderes Bescheid. Ich werde über Dinge gefragt von C, die ich A erzählte, und höre, daß C es von B hat, oder vielleicht auch von D, das weiß C nicht mehr so genau. Es ist zum Ersticken! Morgens beiße ich in mein Kissen vor Wut, gefangen zu sein in diesem Mikrokosmos und nicht herauszufinden, und lege mich abends doch in dasselbe Bett. Ein Hamster im Rad hat es besser, sage ich Dir.

Komm bitte und puste mir die Spinnweben aus dem Kopf. Am liebsten heute abend.

202 FROM: INTERNET:3224.789@t-online.de
TO: , [101730,3650]
DATE: 21. Mai 15:21:04
RE: Buch
Unter der Flut von Materialien, mit der ich Dich monatelang überschüttet hatte, befand sich auch ein Rapiarium, von romantischeren Seelen Florilegium genannt. In ihm stehen längst vergessene, dort wohlbehütete Sätze, Gedichte, Gedanken. Es ist Teil meines Lebens, wenn auch ein lange verschütteter, und – ist es doch das einzige Exemplar – ich hätte es nun gerne wieder. Könntest Du mir das Büchlein gelegentlich schicken (bitte in einem Umschlag ohne Absender)? Oder solltest Du es schon entsorgt haben?
Könntest Du mir außerdem den Erhalt dieser Mail bestätigen ?
Wenn ich doch den Weitblick gehabt hätte, mir diesen praktischen, aber auch schönen Status des Älteren Freundes zu erhalten, den Dein bester Freund offenbar genießt! Aber mit meinem Weitblick war es ja nie weit her.
P.S.
Eugen Onegin, 2. Hälfte der 29. Strophe des 8. Kapitels.

203 Der endgültige Abschied also. Ich habe, was ich wollte. Ich habe, was ich nicht wollte. Es bleibt mir nichts mehr.

Die Bäume haben ihre Blüten verloren. Der Asphalt meiner Stadt wandelt sich zum Sumpf. Ein Herbststurm reißt an meinen Kleidern. Ich habe nicht mehr, was ich wollte.

Ich lege das Buch meines Nicht-Geliebten vor mich, auf den wattierten Umschlag mit der maschinengeschriebenen Adresse. Es ist ein dickes altes Geschäftsbuch, eingeschlagen in marmoriertes Papier. Im vorderen Spiegel klebt noch eine Herstellermarke: Heinrich Schultze Nachf., Geschäftsbücherfabrik, Buch- und Steindruckerei. Das Buch trägt die Nummer 40 M 800 HM, und man konnte früher gegen Einsendung des anhängenden Coupons (der immer noch anhängt) ein gleiches noch einmal bestellen. Das kann ich nicht, denn es ist jetzt das Buch meines Nicht-Geliebten. Wieder. Es war eine Weile lang meines.

On ne possède d'un être que ce qu'on change en lui.

André Malraux, La Condition Humaine

Celans *In die Ferne*, Hölderlins *Hälfte des Lebens*, viel Rilke, Rose Ausländer, Trakl, Paul Zech, Rimbauds *Tête de Faune*, überraschend: Ursula Krechel.

Auf einer Seite steht in der ersten Zeile: »spinnen sie nicht.« Ich verstehe den Satz erst, als ich weiterlese: »Ich sage euch, daß auch Salomo in aller seiner Herrlichkeit nicht gekleidet gewesen ist wie eine von ihnen.« Matthäus also.

Das Lesen aber ist für mich lebensnotwendig.

Seneca

Durch die Handschrift meines Nicht-Geliebten werden diese Zitate zu seinen Gedanken. Ungewollt offenbart sich seine Seele, wo sich seine Gelehrtheit hatte präsentieren sollen. Für manche Gedichte zwängt er seine nach vorn drängenden und dann doch vom Wortende aufgehaltenen Buchstaben auf kleinsten Raum. Es muß ihm die Hand geschmerzt haben. Das Bekenntnis Senecas hingegen füllt eine ganze Seite.

Ich greife nach einem weiteren Buch und lege es in den Umschlag. Es ist eine Gesellschaftskomödie, die mich nur wegen einer Anstreichung interessiert hatte. Am Satz *Jane was inspecting her plate of hors d'œuvres, conscious, when it was too late, as everybody is, that she had made the wrong choice* stehen zwei leichte, blaue Bleistiftstriche neben der Markierung durch einen Fingernagel.

Auch dieses Buch gehört jetzt wieder meinem Nicht-Geliebten.

204 Ich hüte den verborgenen Schatz meiner Tränen besser, als es den Anschein haben mag.

205 Ich liege in meinem Bett. Neben dem Kissen ist das Kasperle-Buch aufgeschlagen. Ich habe den Kopf auf den Ellbogen gestützt und schaue auf die bedruckte Seite. Auf der Seite gegenüber ist ein Bild vom Kasperle und der Prinzessin. Die Prinzessin sitzt auf einer Schaukel. Die Buchstaben werden zu Wörtern, die Wörter ergeben langsam Sätze, und die Sätze ergeben einen Sinn. In ihnen steht nichts davon, daß die Prinzessin auf einer Schaukel sitzt. Darüber muß ich nachdenken. Meine Mutter kommt vom Bett meiner Schwester, um mir wie jeden Abend vorzulesen. Ich sage: »Ich möchte jetzt selber lesen, ich kann das schon alleine.« Ich glaube heute, meine Mutter hat geantwortet, daß sie das schön fände, und ich solle nicht zu spät das Licht ausmachen. Ich weiß aber sicher, daß sie mir die Decke über die Schulter zog und mich zur Nacht küßte, sich kurz noch einmal über das Gitterbett meiner kleinen Schwester beugte und dann aus dem Kinderzimmer ging.
Wenn meine Eltern verreisten, konnte ich nachts nicht schlafen. Ich stand auf, ging ins Wohnzimmer und nahm mir ein Buch. Es war nicht einfach, ein gutes Buch zu finden. Ein gutes Buch, das hieß eines, das ich verstehen konnte und das schön zu lesen war. Wenn noch ein paar Illustrationen dabei waren, um so besser. Eines hatte Illustrationen, aber die gefielen mir nicht so gut. Es waren Scherenschnitte. Eine nackte Frau lehnte im Fenster. Ein Mann im Zylinder schaute zu ihr hinauf. Ein anderes Buch war

dagegen richtig gut. Es hieß *Die rätselhaften Frauen* und erzählte mir von Heloisa und Abälard, von Katharina von Bora, von einer Französin, die ihren Mann erschoß, weil er eine Geliebte hatte. Von einer rothaarigen Frau, die Ferdinand Lassalle liebte, weil er ein Salonlöwe war. Ich stellte mir Lassalle mit langen blonden Haaren vor, wie er mit geschmeidigen Bewegungen in einem eleganten Wohnzimmer umherging. Dann fiel mir ein, daß jetzt auch ein richtiger Löwe um mich streichen könnte, und zog schnell die Füße hoch. Im Sessel war ich sicher. Wenn ich wieder Mut gefaßt hatte, ging ich in die Küche und holte mir ein Glas selbstgemachten Joghurt. Manchmal war es noch so früh in der Nacht, daß er nicht fertig war. Ich löffelte die lauwarme, saure Klumpenmilch mit viel Zucker. Sie schmeckte mir gut.

206 Traum

Mein Nicht-Geliebter holt mich von einer Tagung ab. Ich unterhalte mich mit den Teilnehmern auf einer Terrasse. Als ich meinen Nicht-Geliebten an der Brüstung stehen sehe, gehe ich zu ihm. Ich lehne mich vorsichtig an ihn, meine Wange an seiner. Dann fahren wir. An einem See machen wir halt. Ich werfe mich in die Wellen, mein Nicht-Geliebter auch. Die Wellen sind hoch. Manchmal schlagen sie über seinem Kopf zusammen. Das Wasser ist eine glatte Fläche über seinem Gesicht. Es glänzt.

207 Wenn ich an einen Strand komme, gehe ich ins Wasser. Es ist mir gleichgültig, ob Winter oder Sommer ist. Ich kann an einem Strand nicht nicht ins Wasser gehen. Als Kind war ich klein genug, daß die Wellen mich trugen. Ich wartete an der Stelle, an der sie sich brachen. Wenn eine große Woge nahte, legte ich mich ins flache Wasser. Die Strömung zog mich ein Stück hinaus, und dann geriet ich in den Brecher. Er machte Purzelbäume mit mir. Es war nicht klar, wo mein Kopf, wo meine Arme und Beine jetzt hingehörten. Ich spürte sie erst wieder als einen Teil von mir, wenn ich über den Strand rutschte. Dann schaufelte ich den Sand aus meinem Badeanzug und ging zurück ins Wasser.

208 Meine Freundin sagt: »Gib ihm doch einen Namen, Mensch!« Sie meint meinen Nicht-Geliebten. Das geht nicht. Ich kann ihn mir unter keinem anderen Namen vorstellen. Eine Abkürzung ist undenkbar. Setzte ich jetzt A, hätte ich vorher B sagen müssen.

Auf der Schokoladenmousse-Abendesseneinladung hielt ich eine Rede auf den Gastgeber. Es war sein Geburtstag, und das sechzehnte Mal, daß wir ihn miteinander feierten. Einige Tage später hinterließ er mir eine Nachricht. Er wolle sich noch mal melden und sich ganz, ganz herzlich für die tolle Rede bedanken. Sie hätte ihn total gerührt. Besonders auch, daß ich gesagt hätte, er würde immer etwas, wenn auch vielleicht aus der Ferne, auf mich aufpassen. Das hätte ihm unheimlich gut gefallen und er dächte, das sei auch so.

Aber wenn irgend etwas fähig ist, jemanden dem Wahnsinn nahe zu bringen, so sind es wohl vorzüglich die verrückten Orts- und Zeitideen, woran sich alle unsre übrigen Begriffe festhalten müssen.

Karl Philipp Moritz, Anton Reiser

209 Sonnabend abend. Mein/e Mitbewohner/in ist nicht da. Meine Freundin wohnt seit etwas mehr als einer Woche in meiner Stadt und hat auch schon etwas vor. Ich spreche ihr eine Nachricht auf den Anrufbeantworter: ich hoffte, sie hätte einen schönen Abend. Sie ist ausgesprochen abenteuerlustig derzeit. Sie sagt, sie könne sich diese Eskapaden leisten, wisse sie doch, daß ich sie wieder auffinge. Da hat sie recht. Ich bin gespannt auf ihre Erzählungen. Ich muß an mich halten, sie ihr nicht zu stehlen.

Mein Leben findet derzeit in Büchern statt. Ich warte darauf, daß sich Tatjanas auf Krebsen sitzende Spinnen in meine Träume drängen.

Die erste Liebeserklärung machte mir mein Nicht-Geliebter, indem er das Gespräch auf den *Cyrano* lenkte. Während ich versuchte, die Unterhaltung im sicheren Hafen der literaturwissen-

schaftlichen Betrachtung eines kongenial verfilmten Werks festzutäuen, setzte er die Segel und fuhr hinaus auf offene See. Ich sei seine Roxane. Er sei eben ein Schwärmer. Seine Briefe an mich. Ich glaube, er hätte von mir hören wollen, daß sie mein Herz bezaubert und gewendet hätten, diese Blüten seiner Seele. Bescheiden hätte er dann abgewinkt: »Redeblümchen«.
Ich habe meinem Nicht-Geliebten einmal gesagt, daß ich ihn liebe. Das war der Fehler.

210 Ich sitze auf einem Fahrrad. Es wackelt. Mein Vater hält den Sattel, läuft hinter mir. Das Fahrrad ist rot, ein Geburtstagsgeschenk. Ich trete kräftig in die Pedale. Der Wind bläst mir warm ins Gesicht. Dann höre ich den Atem meines Vaters nicht mehr. Zuerst denke ich, das läge an meiner Aufregung. Als ich eine Kurve ausprobiere, sehe ich ihn in weiter Ferne hinter mir. In der Tür des Hauses steht meine Mutter. Ich fahre einen großen Kreis. Und noch einen.
Später bastelt mir mein Vater einen Motor für mein Fahrrad. Er ist aus Pappe. Mein Vater knickt ein Stück Karton um die Speichen des Hinterrades. Wenn ich vor unserem Haus herumfahre, knattert das wie ein richtiges Motorrad. Finde ich.

211 Es gab einen Motorradsommer. Er spielte in der Nähe von Bergerac. Die Motorradbesitzerin fragte, ob ich nicht mit in die Diskothek kommen wollte. Klar wollte ich. Beim Motorradfahren muß man die Arme um die Fahrerin legen. Das war ungewohnt. Und aufregend. In der Disco fiel ich wegen meiner langen blonden Haare auf. Schon der Grenzbeamte hatte beim Blick auf meinen zweiten Vornamen gefragt »Peut-être que vous l'êtes?«, und so war es auch. Irgendwann legte die Motorradfahrerin den Arm um meine Schultern. Nach dem dritten Bier lehnte ich mich in ihre halbe Umarmung hinein. »Ah, ch'est mieux«, sagte die Motorradfahrerin. Sie stammte aus Holland und sprach immer nur von »chitron preché«. Das hatte mir sofort gefallen, daß sie nicht so gut Französisch sprach. Auf der Fahrt nach Hause lehnte ich den Kopf an ihren Rücken. Wir machten an einem Feld halt. Was der Vorwand war, weiß ich nicht mehr. Jedenfalls küßte sie mich. Dann zog sie mir die weiße Bluse aus der engen Jeans. Als sie meine Brüste berührte, muß ich gleich gekommen sein. Ich erinnere mich nur, daß ich in ihren Armen zitterte und mir die Knie weich wurden. Sie mochte es nicht, als ich sie streichelte, vorsichtig tastend. Glaube ich. Jedenfalls fragte sie, was ich denn da mache.
Wir fuhren dann fast jeden Tag durch die Dordogne. An einem Nachmittag hielten wir an einem Fluß, um zu picknicken. Es gab einen kleinen Strand dort. Das Picknick dauerte nicht lange. Dann

küßten, streichelten wir uns wieder. Ich spürte meine Hitze zwischen den Beinen. Wurde weich. Ihre Hand fand glücklicherweise bald dorthin, erlöste mich. Als ihre Finger in mir waren, kamen Fischer und ließen ein Boot ins Wasser. Das konnte mich nicht mehr stören. Ich schloß die Augen, damit sie mich nicht sähen. Als ich kam, wurde die Motorradfahrerin laut. Es war ein Jubelschrei. Wahrscheinlich haben die Fischer der Motorradfahrerin zugewinkt. Das habe ich aber nicht gesehen.

Die Motorradfahrerin hat meine zweite sensibelste Stelle entdeckt. Die erste gehört dem Franzosen auf dem Schiff. Er hatte mir das vorher erklärt. Wenn man eine bestimmte Art von Frauen knapp unter der Taille, knapp über der Hüfte berühre, sagte er, dann seien die Reaktionen durchaus erstaunlich. Er war klug genug, mich während des Gesprächs dort nicht anzufassen. Als er es einige Tage später tat, mußte ich mich setzen. Mir scheint, ich gehöre zu der Sorte Frau, die er meinte.

Die zweite Stelle gehört der Motorradfahrerin. Sie küßte mich auf die Schulter, dorthin, wo der Arm beginnt. Danach war nicht mehr viel mit mir anzufangen. Wer diese Stelle kennt, hat mit mir leichtes Spiel. Sie versetzt manche in Erstaunen. Der Wochenend-Mann hat sich sehr darüber gewundert.

Die Motorradfahrerin durfte ich nicht oft streicheln. Sie küßte sich immerhin gerne mit mir. Ich weiß nicht, ob sie je einen Orgasmus hatte.

212 FROM: , [101730,3650]
TO: INTERNET:3224.789@t-online.de
DATE: 22. Mai 01:48:09
RE: Re: Buch
Dein Rapiarium ist unterwegs. Der Roman erlebt eine Blüte derzeit. Die Dissertation hingegen nicht. Vermutlich werde ich Dir das Manuskript des ersteren irgendwann zuschicken. Du spielst darin eine nicht unwesentliche Rolle. Ich weiß, ich weiß, die Plessen und so weiter. Ich kann nicht anders. Sei so gut und verklage mich nicht. Es ist auch nicht schlimm. Jedenfalls so wenig schlimm, wie es mir eben möglich ist.

213 Mein/e Mitbewohner/in kommt nach Hause. Der erste Satz von meinem/meiner Mitbewohner/in ist, wie sehr es hier nach Zigaretten riecht. Durch die vor Stunden schon aufgerissene Balkontür fällt kalte Luft. Mein/e Mitbewohner/in hat vor einigen Wochen aufgehört zu rauchen.
Ich muß meine Paranoia zügeln. In schlechten Augenblicken will es mir scheinen, daß mein/e Mitbewohner/in nur mit dem Rauchen aufgehört hat, um einen weiteren Grund für den Ärger über mich zu haben. Daß mein Nicht-Geliebter sein Buch nur zurückerbittet, damit ich es noch einmal lesen und ihn dafür lieben muß.

214 Mein Nicht-Geliebter behauptet, er würde meine Briefe wieder und wieder lesen.

»Irgendwann wagte ich mich aus dem kühlen Schatten hinaus in die Villa einer morganatischen Ehefrau Ferdinands IV – ist Ihnen eigentlich schon einmal aufgefallen, welch phantasievolle Namen diese Gattinnen zur linken Hand immer verliehen bekommen? Titularherzogin von Floridiana, Gräfin Lichtenau ... fast scheint es, als sollten die hübschen Namen für den nicht ganz anerkannten Status der Damen entschädigen. Die Villa selbst übrigens ist von einem etwas nüchternen klassizistischen Aufbau, der allerdings den großen Vorteil hat, daß das auf dem Vomero allgegenwärtig wehende Lüftchen auch hier durch alle Räume streift und so die strukturelle Strenge auch eine leibliche Wohltemperiertheit zeitigt. So geht man erfrischt durch eine hübsche Ausstellung, hier: Luxusobjekte aus dem achtzehnten Jahrhundert. Amüsant eine Tabaksdose mit den Häresiarchen – ein frühes Medium politischer Polemik?«

Das ist ein Jahr her. Ich kann mich an diese Zeit kaum mehr erinnern.

215 Ich gehe mit meiner Freundin und meinem/meiner Mitbewohner/in zu einem Vortrag. Natürlich stellt meine Freundin eine Frage. Und natürlich ist die Frage klug. Und ebenso natürlich kommt mein/e Mitbewohner/in nicht mit, als wir anschließend essen gehen.

Die höhere Geselligkeit, die hier als Kunstwerk, als eine höchste und bewußte Schöpfung des Volkslebens auftritt, hat ihre wichtigste Vorbedingung und Grundlage in der Sprache.

Jacob Burckhardt, Die Kultur der Renaissance in Italien

216 Auf der Tagung, auf der mein Nicht-Geliebter nicht war, unterhielt ich mich spät am Abend mit zwei Teilnehmern. Es ging um den Rausch. Sie fanden, Geselligkeit sei vom Alkoholkonsum bedingt. Ich erzählte vom Schreiben. Daß ich meinte, meine Angst vor der leeren Seite, die heute ja Angst vor dem flimmernden Bildschirm sei, würde mit dem sinkenden Pegel einer Weinflasche schwinden.

Das war eine Pose. Ich habe überhaupt keine Angst vor dem Schreiben. Ich flüchte mich vor der Welt an den Computer, zu meinem Tagebuch, in eine Korrespondenz.

Das sage ich, nachdem die Flasche Wein neben mir fast leer ist.

Ich werde keinen neuen Briefwechsel beginnen. Nie wieder werde ich Briefe schreiben. Korrespondenzen können böse enden, soviel habe ich gelernt. Es ist egal, daß William Gaddis über Pianolas geschrieben hat. Mein Gesprächspartner auf der Tagung wird es nicht erfahren. Jedenfalls nicht von mir.

217 Ich gehe zum dritten Mal innerhalb von wenigen Stunden ins Netz. Das bedeutet: ich rufe meine e-mails ab. Von meinem Nicht-Geliebten keine Antwort. Eine Automatenstimme dankt mir, daß ich meinen Provider benutzt habe. Sonst dankt es mir keiner, daß ich ihn benutze. Als ich in das Übersetzerforum gehe, freut mich die Ansage, daß es auf mich wartende Nachrichten gibt. Sie sind aber alle von mir selbst. Das muß ein Fehler im Programm sein.

Das nächste Gespräch mit meinem/meiner Mitbewohner/in steht an. Noch ein Fehler im Programm.

Ich frage mich, wie viele Menschen sich in diesen Seiten wiedererkennen werden. Meine Freundin kommt gut dabei weg. Mein Nicht-Geliebter nicht unbedingt immer. Mein bester Freund wird sich über die Bezeichnung freuen. Mein/e Mitbewohner/in weniger. Und meine Eltern … Diesem Satz sollte wohl ein *Aber* voranstehen.

Beim Bäcker liegen Boulevardzeitungen zum Verkauf aus. Eine titelt von einer Mutter, die ihre Kinder ertränkt hat. Der Bäcker dreht die Zeitung um. »Danke.«

218 Wer auch noch gut wegkommt, ist mein Buchhändler. Niemand kennt meine geheimen Lese-Leidenschaften wie er. Astronomie, Kartenspielregeln, Psychoanalyse, erotische Literatur aller Art, Zeitgeschichte, Kinderbücher. Niemand kann mich außerdem so leicht verführen. Wenn ich seinen Laden betrete, begrüßt er mich freundlich. Mit Namen. Er kommt auf mich zu mit abstrusen Vorschlägen, die sich lohnen. Ihm verdanke ich Wladimir Sorokins *Schlange* und Mankells ich weiß nicht wie vielte Frau, irgendwelche Bachmann-Preis-Gewinnerinnen und Klaus Ensikat. Ich glaube, mein Buchhändler findet mich interessant. Auf meiner Kreditkarte ist ein Bild, das er bei jeder Bezahlung kommentiert. Das Photo ist alt, sage ich immer wieder. Er behauptet, das nicht glauben zu können. Und ist überzeugt, eines Tages würde mich Isolde Ohlbaum photographieren. Mein Buchhändler möchte sich, glaube ich, mit mir duzen. Er verkaufte mir die Zeitschrift *Du* mit den Worten »Sag einfach Du zu mir«. Das griff ich nicht auf. Mein Buchhändler kennt meine Geheimnisse. Das muß reichen.

219 *Whenever it rains, the umbrellas complain.*
Tom Waits

220 Meine Schwester. Sie ist die schönste Frau, die ich kenne. Groß, schlank, blond. Ihre natürliche Eleganz ist gepaart mit Charme. Ihr Ringen um ein Verhältnis zu ihrer Rolle als Frau und

Mutter rührt mich. Ich bin froh, daß sich mir diese Aufgabe nicht stellt. Sie hat mir eine Lebenserfahrung voraus, die ich ihr gönne. Meine Schwester besitzt die Weisheit, nicht allzu eifersüchtig zu sein, wenn meine Nichte mich liebt.
Der Tag, an dem meine Nichte geboren wurde. Ich hatte bei meiner Schwester und meinem Schwager angerufen, und niemand ging ans Telephon. Also rief ich im Krankenhaus an. Ja, unter dem Namen sei eine Aufnahme verbucht. Zum Dolmetschtermin am Nachmittag ging ich mit einem Blumenstrauß, in rosa und hellblau. Als ich in der Klinik ankam, war meine Schwester gerade vom Kreißsaal in ein Zimmer verlegt worden. Eine kleine, ziemlich häßliche, faltige braune Puppe lag in ihrer Armbeuge. Ich durfte meine Nichte schon am ersten Tag ihres Lebens in den Arm nehmen. Nicht sehr lange, denn dann meldete mein Schwager sein Recht auf seine kleine Prinzessin an.

221 Mein/e Mitbewohner/in kommt nach Hause. Klopft an die Tür. »Viele Grüße zurück«, solle mein/e Mitbewohner/in ausrichten vom Abendessen bei Freunden. Mein Büro findet mein/e Mitbewohner/in nicht besonders aufgeräumt. Das ist kein neuer Zustand, und vor allem keiner, der sich nachts um drei Uhr beheben ließe. Der Ton aber ist freundlich. Das ist schon viel.

Ein vierterfünftersechster Besuch im Netz hat keine Antwort meines Nicht-Geliebten herbeizwingen können. Ich wüßte gerne, was er auf meine Ankündigung, die wohl eher eine Drohung ist, zu sagen hat.

222 Penelope. Mitleidig begrüße ich sie, nehme sie unter den möglichen Geliebten meines Vaters auf. Es würde sie verletzen, täte ich es nicht. Daß sie so spät in meine Träume, in meine Erinnerungen tritt, überrascht mich nicht. Penelope war anders. Sie versteckte ihr Herz nicht. Es war klar, daß sie meinen Vater liebte. Wenn wir in ihrer Stadt zu Besuch waren, dann kam sie zu uns. Mindestens einmal. Eigentlich häufiger. Sie war klein, dick, ihre Elefantenbeine stürzten Säulen gleich gerade hinunter auf den Boden. Ohne Knie. Das störte sie nicht weiter. Sie erschien in einem kurzen, ausgestellten Rock, der ihren platten, weiten Hintern zu einer Ebene werden ließ, auf der man Fußball hätte spielen können. Sie lachte zu laut, redete mit den Händen, mokierte sich über die Mode-Sklavinnen, die heutzutage einen kurzen Rock nicht mehr tragen würden. Ich bin überzeugt, daß meine Eltern bei diesem Satz einen Blick tauschten. Penelope wird weder meinem Vater gefallen noch meiner Mutter eine Gefahr bedeutet haben. Von uns Kindern nahm Penelope, die in meiner Erinnerung uralt ist und deren damaliges Alter ich heute wahrscheinlich schon längst erreicht habe, nicht die geringste Notiz. Es gab uns nicht. Dabei interessierte sie mich. Ich glaube, sie war Bibliothekarin. Mein Mitleid heute richtet sich auf ihre greifbare Sehnsucht, auf ihre Angst vor dem Vertrocknen. Nicht auf ihr Leben. Ich werde meinen Vater bei unserem Treffen fragen, was aus ihr geworden ist. Vielleicht weiß er es ja.

223 Mein/e Mitbewohner/in zerstört in unserem zweiten Gespräch mit leichter Hand, was uns zwei Jahre lang verbunden hat. Ich glaube, das ist meinem/meiner Mitbewohner/in nicht bewußt.

Ich dolmetsche für einen Herrn über Leben und Tod. Er spricht von seinen Jahren in der Haft, lacht mit einer wegwerfenden Geste über das *Fast-Kapitalverbrechen*, das ihn immer noch, viel zu lange, im Gefängnis halte.

Lichtblicke sind meine Freundin und der Postkarten-Empfänger. Sie wärmen mich in diesem kalten Frühling, der mich das Fürchten lehrt.

Is there any way out of this dream?

Tom Waits

224 Ich mag ältere Herren. Sie sind satt. Das letzte, was sie von mir wollen, ist Unterstützung oder Rettung vor einer Einsamkeit. Es reicht ihnen schon, wenn ich sie ein bißchen verunsichere. Das wiederum tue ich gerne. Es macht ihnen nichts aus, wenn wir eigentlich zu früh miteinander ins Bett gehen, und wenn wir es gar nicht tun, dann ist das auch nicht schlimm. Im Gespräch lassen sie es sich gefallen, daß ich sie etwas anhimmele. Ich glaube, meine Direktheit erstaunt sie. Daß ich keinen Respekt vor ihrem beruflichen Status habe, sie vom Chef-Piedestal herunterhole und zu den attraktiven Männern mache, die sie auch ohne ihre Position sind, das macht ihnen Freude. Wenn ich ihnen sage: »Ist ja schon nett, wie Sie mir so einen Tadel reinreichen, Sie Frechling«, dann lachen sie. Ich glaube, ältere Herren lachen nicht so oft. In ihrem Lachen liegt jedenfalls eine Freude über das Lachenmüssen. Vielleicht staunen sie auch nur darüber, daß sie es mit mir tun wollen. Also lachen.
An älteren Herren gefällt mir, daß sie ihre guten Anzüge so nachlässig tragen. Das Tuch ist abgeschabt, die Knöpfe hängen, aber der Sitz ist tadellos. Ihre Jacken sind ihr Zuhause.
Ältere Männer haben keine Angst vor mir. Vielleicht haben ihre Frauen sie ausreichend gestählt. Vielleicht schützt sie das Gefühl, daß ich schließlich ihre Tochter sein könnte. Ich aber weiß, daß sie niemals mein Vater sein könnten.
Manche ältere Herren zögern, mit mir auszugehen. Vielleicht

haben sie Angst, man könnte im Lokal fragen, was denn das Fräulein Tochter zu speisen wünsche. Das ist allerdings noch nie geschehen. Oder sie glauben nicht, daß ich sie mag.
In ihnen leuchten die kleinen Jungs, die sie einmal waren. Junge Männer schichten über die liebenswerten, Fahrrad fahrenden Zehnjährigen, die sie einmal waren, die Ruinen ihres Selbstbewußtseins. Ältere Herren treten aus den Mauern hervor.
Ich fühle mich mit älteren Herren sicher. Die unerwiderte Liebe zu meinem Vater trägt endlich eine Frucht. Die Regeln kenne ich gut. Und doch versetzt es mich in Erstaunen, wenn sie sich dann umdrehen und mich zurückmögen. Gelegentlich muß ich dann die Flucht ergreifen. Mein Nicht-Geliebter wird das bestätigen können. Er ist auch ein älterer Herr.

225 Eigentlich mag ich auch junge Frauen. Ihre Fähigkeit, mich zu verletzen, führt mir vor Augen, wie sehr mir an ihnen liegt.

226 FROM: INTERNET:3224.789@t-online.de
TO: , [101730,3650]
DATE: 6. Jun 22:13:01
RE: Angekommen

Das Rapiarium ist eingetroffen. Hab Dank für die Rücksendung und die Diskretion. Ist Deine Freundin bereits im Anzug? Bitte grüße herzlich von mir. Daß es mit dem Roman (hat er schon einen Titel?) so gut weitergeht, freut mich. Es heißt, nach zwei Dritteln der Gesamtlänge befielen die Autoren Schreibhemmungen, und aus dieser Krise fänden sie nur schwer heraus. Wie schön, daß es Dir anders geht. Wie Du weißt, hielte ich aber aus mehreren Gründen immer noch die Beendigung Deiner Dissertation für sinnvoller:
[...]
Solltest Du auf die diversen hier gestellten Fragen antworten wollen, so rufe mich doch am besten im Büro an. Das hätte den Vorteil, daß ich Deine Stimme hören könnte.

227 Ein Blumenstrauß für meine Schwester. Gerbera, verzweigte gelbe Rosen, in der Mitte dickblühende Spinnen, die mit spitzen Blättern in die Luft greifen. Sie fragt nach meinem Text. Ihre Ängste gelten nicht ihr selbst. Da hat sie recht. Sie sorgt sich um die Eltern. Was da alles geschehen könnte. Nach meinem Nicht-Geliebten fragt sie nicht. Ich kann ihr nicht begreifbar machen, daß der Text ausschließlich mit mir zu tun hat. Nichts mit diesen ganzen anderen Menschen.
Meine Freundin geht mit mir in eine Boutique. Es ist eine andere

als die, in die ich sonst gehe. Wir hatten im Fenster ein Kleid gesehen. Meine Freundin kauft es für mich.

228 FROM: , [101730,3650]

TO: INTERNET:3224.789@t-online.de

DATE: 9. Jun 02:40:10

RE: Re: Angekommen

Lieber,

vielen Dank für Deine Mail.

Ich bin eigentlich nicht dafür, unsere Korrespondenz so bald schon wiederaufleben zu lassen, zumal in einer nach meiner Interpretation für Dich und nach meinem Wissen für mich schwierigen Situation.

Daher nur einige kurze Antworten: Meine Freundin ist da. Ich werde ihr Deine Grüße bestellen. Mein Roman heißt »Eine Invasion von Frauen«. Eine Krise ist bislang nicht eingetreten. Eine wissenschaftliche Publikation wird mich meines Erachtens nicht meinem Ziel näherbringen. Ich weiß im übrigen nicht so genau, was mein Ziel ist.

Verzeih diese kargen Zeilen, aber wir haben eine Abmachung. Halten wir uns daran.

229 *Old boy friends. Like burned-out light-bulbs on a Ferris wheel.*

Tom Waits

230 FROM: INTERNET:3224.789@t-online.de

TO: , [101730,3650]

DATE: 9. Jun 21:34:07

RE: ZU BEFEHL!

Für eine solch eiskalte Mail wie Deine von gestern nacht kann ich nicht danken. Heute ist ein ernster Gedenktag. Der Todestag von Charles Dickens ist mir, wie Du weißt, immer schon besonders wichtig gewesen.

Es grüßt Deine Freundin von Herzen, und auch Dich Dein

Nicht-Geliebter

231 Jesus Sirach, Kapitel 37, Vers 2

So geht es Dir jetzt. Ich weiß, Lieber. Aber ich kann jetzt nicht unsere Korrespondenz wiederaufleben lassen, als wäre nichts gewesen. Du hast eine klare Entscheidung gefällt: Du wirst Deine Familie nicht verlassen.

Das Folgende geht um mich. Es ist auch höchste Zeit dafür.

[...]

Im übrigen werde ich Dir diesen Text nicht schicken. Ich werde

Dich selbstverständlich auch nicht im Büro anrufen, damit mich Deine Sekretärin wie immer mit einem »Ach, hallo. Ich stell Sie gleich durch, ja?« verbindet. Obwohl Du es verdient hättest, daß man Dich wachrüttelt. Vielleicht tut es ja dieser Text.

232 Im Taxi zur Einladung läuft Tom Waits. Ich sage dem Fahrer, er solle die Kassette lauter stellen. Wir öffnen die Fenster und röhren durch meine Stadt. Vor dem Haus, in dem ich feiern soll, steige ich nicht aus. Ich sage dem Fahrer, er solle mich in eine Bar bringen. Welche, könne er sich aussuchen. Gute Musik solle es dort geben und normale Leute.
Er fährt mich in eine Taxifahrerkneipe. Die Unterarme, die sich links und rechts von mir auf den Tresen stemmen, sind tätowiert. Im Hintergrund ein Pooltisch. Eine holzgedrechselte Absperrung trennt die Cafétische von dem Barraum. Die Frauen haben wilde Mähnen bis zur Taille und tragen enge Jeans. Die Musik ist nicht ganz so gut, wie ich erwartet hätte. Aber sie ist laut. Das hilft.
Als ich gehe, bleibt mir die dümmliche Melodie im Sinn. Ich werde sie nicht los.

233 An der Tür klingelt der Vermieter einer Wohnung, die ich vor kurzem besichtigt hatte. Da wäre ein anderer Interessent, der für seine Wohnung aber einen Nachmieter stellen müsse. Ob ich mir die anschauen wollte? Ich gehe hinunter. Wohnungen interessieren mich momentan, insbesondere freie Wohnungen. Als ich unten auf den Vermieter zugehe, bemerke ich einen Mann auf dem Bürgersteig. Jung. Groß. Wache Augen. Er wirkt so, als wolle er mich begrüßen. Dann tut er es wirklich. Er ist der Interessent. Wir gehen zu der Wohnung, die er kurz vorher angemietet hat und nun wieder loswerden will.
Parkett, Licht, Großzügigkeit. Das Arbeitszimmer geht zum Hof, ein Archivraum für die Akten, Eßzimmer mit Balkon, ein stilles Schlafzimmer im hinteren Bereich. Dies ist meine Wohnung.
Wir trinken einen Kaffee. Der Interessent fragt, was ich denn schreibe. Ich frage, woher er das weiß. Dann erzähle ich. Es ginge um Familiengeheimnisse. Um eines, eigentlich. Und um die verborgenen Räume, die sich in Geheimnisträgern öffnen, wenn sie erfahren, daß sie ein fremdes Geheimnis hüten. Der Interessent erzählt mir sein eigenes Geheimnis. Es ist auch ein fremdes.
Als wir uns an meiner Haustür verabschieden, duzen wir uns. Der Wohnungsinteressent hätte mich gerne, glaube ich, beim Abschied auf die Wange geküßt. Ich glaube, das hätte ich auch schön gefunden.

Am nächsten Tag kommt er, um mir die Schlüssel zu seiner Wohnung zu geben, die, wie ich weiß, bald meine sein wird. Er küßt mich zur Begrüßung auf die Wange. Es gefällt mir. Dann bleibt er zum Mittagessen.
Meine Freundin sagt als erstes: »Das wäre doch ein Mann für dich.« Aber ob er mich denn auch wolle, frage ich sie.
Ich messe die Räume aus. Meine Bücherregale passen gut in den hinteren Flur.
Dem Wohnungsinteressenten soll ich die Schlüssel in ein Café bringen. Er schaut nach mir, sehe ich. Als ich an seinen Tisch komme, liest er angestrengt in der Zeitung. Ich frage, ob der Platz neben ihm noch frei sei. Er erzählt mir seine Liebesgeschichte, ich ihm meine. »Dann hast du ihn ja gar nicht wirklich gewollt«, sagt er. »So einfach ist das nicht«, finde ich. »Ich weiß doch gar nicht, ob er nicht nur auf der Flucht ist.« Darüber müßten wir noch reden, findet der Interessent.
Also werden wir uns wiedersehen.

234 *Alle Bücher sind Tagebücher.*
Hans Erich Nossack

235 Das Treffen mit meinem Vater steht an. Mein bester Freund fragt, ob ich aufgeregt bin. Eigentlich nicht. Ich glaube aber, mein Vater ist es.

236 Ich habe in meiner Geburtsstadt zu tun. Meine Mutter fuhr zu ihren Eltern, als ich auf die Welt kommen sollte. Sie half ihnen danach im Betrieb, erzählte sie mir. Die Haushälterin kümmerte sich um mich. Baden, wickeln, vielleicht auch Flasche geben. Meine Mutter sagte, es sei sehr angenehm gewesen, das nicht tun zu müssen. Möglicherweise sagte sie auch, es sei herrlich gewesen.
Am Bahnhof meiner Geburtsstadt warte ich auf den Regionalzug, der mich in die nächste Kreisstadt bringen soll. Von dort geht mein Zug. Früher hätte ich gesagt, mein Zug nach Hause. Es ist ein nüchterner Bahnhof, an dessen Gleis 1 ich sitze. Es heißt auch nur deshalb Gleis 1, weil irgendwann später ein halbes Gleis dazugebaut wurde. Das konnte man dann Gleis 2 nennen. Die Lieblosigkeit dieser Ankunfts- und Abfahrtsstation gefällt mir. An Bahnhöfen hat nichts prächtig zu sein. Abschiede sind ein häßliches Geschäft. Ankommen kann verlogen sein. Die Unwirtlichkeit der Bahnhöfe sollte zwingende Bedingung sein.
Als der Zug nicht kommt, schaue ich auf den Fahrplan. Es ist Sonnabend. Die nächste Bahn geht in zwei Stunden. Also zum

Taxistand. Meine letzte Barschaft für die Fahrt in die Kreisstadt. Ich fahre gerne Taxi. Es geht durch die Wälder um meine Geburtsstadt auf die Autobahn. Zwischen den Bäumen Baustellen. Überall werden Straßen gebaut. Unfertige Brücken, in Plastik verpackt, neben uns.

Wir sind oft mit meinem Großvater spazierengegangen. Dabei erklärte er uns die Bäume. Buchen haben eine ganz glatte Rinde, daran erkennt man sie. Die sanft geschwungenen Zacken eines Eichenblattes sah ich zuerst in seiner Hand. Im Herbst sammelten wir Kastanien, die meine Großmutter mit einem Messer kreuzweise anschnitt und zum Abendessen kochte.

Morgens ging ich mit meinem Großvater Brötchen kaufen. Ich durfte auch bei dieser kurzen Strecke seine Hand nehmen. In der anderen hatte er den Spazierstock. Für die Milch gab es eine Metallkanne. Wir gingen zum Bauern am anderen Ende der Straße und bekamen sie direkt aus einem riesigen Stahlbottich. Von welchem unachtsamen Enkel die Beule in der Kanne herrührte, weiß ich nicht mehr. Es war eine Delle am unteren Rand, durch die die Kanne einen Fuß bekam.

Am Morgen nach dem Tod meines Großvaters weinte die Bäckersfrau. Ich hatte denselben Korb genommen, mit dem er immer die Einkäufe gemacht hatte.

Auf den Hügeln um die Kreisstadt liegt die Sonne. Das Grün dieses zögerlichen Frühsommers ist vorsichtig. Nadelwälder, hatte

mir mein Großvater erklärt, sind immer dunkelgrün. Deswegen nennt man diese Hölzer auch Immergrüne.
Beim Bäcker kaufte er Mohrenköpfe für uns Enkel. Negerküsse mochte er nicht sagen. Nach dem Mittagessen gab es eine Tobestunde. Wir durften mit ihm auf dem Sofa herumalbern, mit Kissen werfen, an seiner Krawatte ziehen. Ein Fleck auf dem Sofa erinnerte noch über Jahrzehnte an ein umgefallenes Weinglas.
Mein Großvater pflanzte an der Steintreppe zum Garten weiße und blaue Blumen. Das seien nun meine, sagte er. Wenn ich zu Besuch käme, müßte ich sie gießen. Aber nicht zuviel, sonst würden sie ertrinken. Blumen bräuchten regelmäßig ein bißchen Wasser.
Im Sommer, an dessen Ende mein Großvater starb, wurde meine Großmutter schwer krank. Ich besuchte meinen Großvater. Ab elf Uhr morgens gab es Weißwein. Er ging in den Keller, holte drei Flaschen und stellte sie vor mir auf. »Du kannst noch nicht beurteilen, welches der beste ist. Aber welcher dir schmeckt, das kannst du mir sagen.« »Der da, in der Mitte der.« »Gut. Den trinkst du jetzt. Zum Mittagessen gibt es einen Roten.«
Meine Großmutter sei sein großes Glück, erzählte er mir. Vorher hätte er eine Freundin aus dem Volke gehabt. Ich bin mir sicher, daß er *aus dem Volke* gesagt hat. Vielleicht hat er auch *Geliebte* gesagt. Wenn er damals Bekannten auf der Straße begegnete, dann wechselten sie auf die andere Seite, um seiner Begleitung nicht

Guten Tag sagen zu müssen. Nach der Trennung sei es ihr sehr schlecht ergangen, erzählte mein Großvater. Vielleicht hat er sogar berichtet, daß sie an Syphilis gestorben sei. Ich weiß, daß ich mir unter dem Begriff nichts vorstellen konnte und daß er mir eher zögerlich antwortete.
Wenn mein Großvater von meiner Großmutter sprach, kamen ihm die Tränen. Den Nacken seiner Frau liebe er besonders, sagte er. Er bestünde darauf, daß ihr der Friseur immer den Nacken freischneide. Einmal habe er ihr einen Strauß Rosen geschenkt. Sie habe daran gerochen und gemerkt, daß sie gar nicht dufteten. Als sie kurz aus dem Zimmer ging, habe er schnell Parfum geholt und die Blumen damit bestäubt.
An den Feldrändern steht der Mohn. Im Himmel ein Flugzeug als Gedankenstrich.

237 Der Zug in meine Stadt fährt sofort. Schon wieder diese Felder, Alleen. Putzige Dörfer, sonnenbeschienen. Kühe auf Wiesen. Ich gehe in den Speisewagen und hole mir einen Rotwein. Wonnegauer Dornfelder. Der Name erinnert mich an meinen ersten eigenen Witz. Mein Begleiter bestellte einen Kaltensteiner Haßberg. Ich fragte den Wirt, ob er auch einen Lügenfelder Meineid vorrätig habe.
Als wir in einer Stadt halten, in der ich mehrfach zu Kongressen

war, fällt es mir ein. Die Wartezeit in meiner Geburtsstadt hätte ich zu einem Spaziergang nutzen können. Den Dom besichtigen. Im Betrieb meiner Großeltern vorbeischauen. Den Berg ansehen, den meine Schwester und ich mit dem Auto hinuntergerollt waren. Sie hatte die Handbremse gelöst. Ein fremder Mann sah uns, öffnete die Autotür und zog die Bremse wieder an. Dann schimpfte er wohl. Ich verstand nicht, was er sagte, aber er sagte es laut genug, daß ich seine Wut begriff.

Eine langjährige Freundin meiner Eltern erzählt gerne, wenn wir Kinder von einem Besuch bei den Großeltern zurückkamen, hätten wir ihren Tonfall angenommen. Das rollende »r«, die zerdehnten Diphthonge des Ostens.

Ich würde gerne einen alten Freund anrufen. Er wohnte lange in der Stadt, in der mein Zug jetzt hält. Mein Adressenverzeichnis habe ich nicht mitgenommen. Ich verschiebe den Anruf. Statt dessen hinterlasse ich meiner Freundin eine Nachricht auf dem Anrufbeantworter. Ich möchte mich nach der Ankunft in meiner Stadt mit ihr treffen. Daß ich gerade im Zug säße und einen Wein tränke, erzähle ich ihr. Daß ich derlei Genüsse ihr zu verdanken habe, verschweige ich. Ihre Fähigkeit, sich das Leben angenehm zu gestalten, hat mich viel gelehrt. Auch dies. Sie läßt es sich gerne gutgehen. Daß das eine Tugend ist, habe ich erst spät begriffen.

Der Zug fährt durch die gleiche Landschaft, an der ich nach dem letzten Kongreß vorbeikam. Das Grün ist dunkler, die Sonne abendlicher. Sonst hat sich nichts verändert.

238 Mit meinem Nicht-Geliebten verbindet mich unser Schweigen. Eine Reaktion auf meinen Vortrag kam letzte Woche. Sie bricht mitten im Satz ab. »Daher kann man feststellen, daß«. Darunter in seiner spinnenfingrigen Handschrift »Soll ich doch noch weiterschreiben?« Ich beschließe, per e-mail zu reagieren: »Klar. Schreiben soll man immer.« Ich beschließe, nicht zu reagieren.

239 Der Schatten des Zuges auf den Feldern neben mir. Die Stelzen einer Brücke. Margeriten, Kornblumen, Hagebutten. Die Schallschutzwand aus Beton kann der Landschaft nichts anhaben. Dann ein Tunnel.
Im Abteil vor mir sind in die Rückenlehnen Fernseher eingelassen. Auf dem Weg zum Zugrestaurant sehe ich das Bild darauf. An den Rändern Dunkelheit, vorne Licht. Der Film zeigt eine Szene aus der Perspektive eines Lokführers. Ich möchte den Mann im Sitz fragen, welchen Spielfilm er schaut. Er schläft.
Strommasten, Fernsehturm. Die Geometrie der Felder unterbrochen von Lebensbäumen. Felder einzuteilen dient der Frucht-

folge. Das lernte ich von meinem Vater. Der Begriff hat mir immer gefallen. Außerdem hat er mich gelehrt, daß die Vögel abends deswegen immer so laut singen, weil sie beten. Darüber mußte ich bestimmt eine Weile nachdenken.

240 Am Tag vor der Abreise in meine Geburtsstadt rief mich der Geschichtenschenker an. Er sei morgen in meiner Stadt. Wie schade, rief ich in den Hörer. Ob wir aufschieben und nicht aufheben könnten? Mir läge sehr daran. Das fand der Geschichtenerzähler freundlich, daß ich das sagte. Dann mußte er husten. Von Gaddis und den Pianolas konnte ich ihm gar nicht erzählen. Aber wir werden uns sehen.
Ich nehme mir vor, mit dem Rauchen aufzuhören. Die Augen werden davon schlecht. Von meiner Fähigkeit zu sehen lebe ich aber. Es ist also eine vernünftige Entscheidung. Eigentlich mag ich keine vernünftigen Entscheidungen. Die letzte vernünftige Entscheidung hat mein Leben erheblich ärmer gemacht.

241 Traum
Der Postkartenempfänger steht im Meer. Es ist ein klares, grünliches Wasser, in das ich tauche. Ein amphibisches Tier kommt auf mich zu. Ich weiß, daß es das ist, weil seine Füße dick und

geschwollen sind wie die Schwimmer eines Wasserflugzeugs. Das Tier hat spitze Ohren über dem runden Kopf und eine Hundeschnauze. Als es sie öffnet, sehe ich seine scharfen Zähne. Eine laute Stimme, es könnte meine sein, fragt: »Warum hast du sie geliebt und nicht mich?« Ich gehe aus dem Wasser und fliege über Land. Erst durch einen Wald mit Sonnenflecken, später höher. Unter mir sehe ich das Haus meiner Großeltern.

Dieses Haus steht nicht mehr. Der Erbe hat es abreißen lassen. Ohne es war das Grundstück besser zu verkaufen. Es war unter den Umständen die vernünftigste Entscheidung. So sagte der Erbe es damals meiner Mutter.

242 Mein nächster Zug ist eine Regionalbahn. Wir halten in winzigen Städten mit alten Backsteingebäuden. Durch die Ritzen der roten Klinkersteine, mit denen die Bahnsteige gepflastert sind, wachsen kleine Unkrautbüschel. Gelb und weiß blühen sie. Winzig. Zwischen den Gebäuden der Bahnhofsanlage setzen sich Bäume zur Wehr. Rote Kiefernstämme, weiße Birken. Dann wieder Felder. In den Pfützen spiegeln sich die rosa Abendwolken, der pudrig blaue Himmel.

Im Abteil nebenan reist ein Ehepaar. Die Sätze sind ruhig. Langes Schweigen liegt dazwischen. Dann summt die Frau ein Lied.

Plötzlich werden die Stimmen laut. »Alte Votze.« Das war der

Mann. Es rummst an der Wand. Noch einmal. Als ich an der Glastür stehe, sitzt sich das Paar gegenüber. Die Frau nimmt gerade eine Zeitschrift vom Sitz neben sich auf. Erstaunt sieht sie mich an. Ich gehe beschämt in mein Abteil zurück.
Über dem Nebel auf den Feldern stehen die schwarzen Baumkronen. Es wird dunkel. Umrisse vor blauen Schichten im Himmel. Meine Hand auf dem weißen Papier, im Fenster. Die spiegelverkehrten Hieroglyphen werden doppelt reflektiert, übereinander versetzt. Ein schwarzes Netz.

243 Meine Freundin findet, ich sollte mir endlich einen lendenstarken Mann gönnen. Ich sage: »Ok. Wenn ich mehr Zeit habe. Nächste Woche.« Sie antwortet: »Dann ist das Leben vorbei.«
Sie erzählt, man hätte sie gefragt, ob ich denn auch … Ich vervollständige den Satz: »… katholisch bin?« Meine Freundin lacht. »Nein, du weißt schon. Ich habe geantwortet, nicht, daß ich wüßte. Da kannst du es dir ja noch überlegen, das mit den Frauen.«
Nach drei Tagen in meiner Stadt hat meine Freundin eine Affäre begonnen. Ich sage ihr, ich sei überhaupt nicht eifersüchtig. Als sie ihr Fahrrad in meinem Hof stehen läßt, kette ich es an meines an. Damit es nicht gestohlen wird, denke ich dabei.
Wenn ich anrufe, dann verwechselt sie mich: »Mensch, hallo,

wie schön, daß du anrufst!« Ich hatte gerade fünf Minuten vorher angerufen und wollte nur etwas nachtragen. Später sagt mir meine Freundin, sie möge ihre neue Geliebte zum Teil auch deswegen, weil ihre Stimme meiner so ähnele. Das kann mich kaum trösten.

244 Es gibt einen Onkel, den ich vor allen anderen meiner vielen Onkel liebe. Er ist ein richtiger Onkel. Ich nenne ihn Onkel und begegne ihm mit Respekt. Das passiert mir selten. Daß er mir die Hand küßt, obwohl ich nicht verheiratet bin, freut mich auf eine Weise, die ich gar nicht für möglich gehalten hätte. Danach küßt er mich links und rechts auf die Wange. Ich bin mir nicht sicher, aber ich glaube, das tut er nur bei Damen, die er mag. Mein Onkel weiß von der Sache mit meinem Nicht-Geliebten. Ich weiß nicht, woher. Ich weiß, daß er es weiß, weil er kritisch von meinem Nicht-Geliebten spricht. Das Gespräch hatte dazu keinen Anlaß gegeben.
Vor Jahren hat mein Onkel mich vor großem Unglück bewahrt. *Rate mir, aber rat mir nicht ab* – so wolle er nicht mit mir verfahren. Er riet mir ab. Ich tat, was er sagte, und danke ihm heute noch dafür. Natürlich nicht mit Worten. Über derlei spricht man in unseren Kreisen nicht. Aber ich weiß, daß er auf mich aufpaßt.

Mein Onkel scheint auch zu wissen, daß ich diesen Text schreibe. Die moderne Literatur, die sei ja schon merkwürdig, sagt er. Die Fortsetzungsromane seiner Tageszeitung schienen heutzutage ohne graphische Darstellungen der menschlichen Erotik nicht auszukommen. Männlein und Weiblein, bunt durcheinander. Was ich denn davon hielte? Ich murmele etwas von größerer Offenheit in diesen Zeiten.

245 Ich sitze bei meinen Eltern im Garten. Auf dem Tisch stehen Erdbeeren. Ein Silberkännchen mit flüssiger Sahne. Kristalltellerchen. Zarte Porzellantassen für den Tee. Wie es sich gehört. Über mein schönes Sommerkleid, das meine Freundin mir geschenkt hat, geht eine kleine Spinne. Sie hat einen braunen Körper und grüne Beine. Das habe ich noch nie gesehen. Ich setze sie vorsichtig ins Gras. Meine Mutter erzählt von einem frühmorgendlichen Spaziergang. Sie ist um vier Uhr aufgestanden, um sich von einem Ornithologen die Vogelstimmen erklären zu lassen. Bislang hätte sie nur den Ruf des Kuckucks unterscheiden können. Der Spaziergang hätte ihr große Freude gemacht, obwohl ihr der Fuß sehr geschmerzt hätte. Einige Tage zuvor war sie im Garten auf einen *Dornen* getreten. Der war bis gestern im Fuß geblieben, dann hätte ihn mein Vater herausgeholt. »But I didn't want to miss that walk for the world«, sagt meine

Mutter. Mein Vater korrigiert sie: »Das heißt Dorn, nicht Dornen.«
Im Garten turnen zwei Eichhörnchen. Dann sitzen sie sich gegenüber. Die Schweife buschig aufgestellt. »Die unterhalten sich jetzt. Wie wir.«
Mein Vater und ich machen einen Spaziergang. Er beginnt sofort das Gespräch. Das alles hätte ja mit meinem Brief angefangen. Was mich dazu eigentlich veranlaßt hätte. Ich antworte. Noch freundlich. Dann sagt er: »Wir sind glücklich miteinander. Das hast du doch selbst gesehen.« Ich erwidere: »Genau. So glücklich, daß die Mutter zum Anwalt geht, um die Scheidung einzureichen.« Ich glaube, in dem Moment will mein Vater mich schlagen. Fast wünsche ich mir, er würde es tun. Aber es sind andere Menschen in der Nähe. Also schlägt er mich nicht.
Statt dessen erzählt er mir, meine Mutter reagiere unter Streß über. Sie behaupte Dinge, die nicht stimmten. Ich brülle ihn an. Es käme ihm ja sehr zupaß, daß meine Mutter jetzt wohl eine Depression hätte. Dahinter ließe es sich trefflich verstecken. Und ob ihm eigentlich klar sei, daß er meine Zeit verschwende. Ich kehre um. Der Spaziergang sei beendet, informiere ich ihn. Das Gespräch auch.
Als wir am Haus meiner Eltern ankommen, steht meine Mutter am Blumenbeet. Barfuß. Als Kind ist sie sommers immer ohne

Schuhe gelaufen, hat sie mir erzählt. Sie gärtnert gerne. Manche Pflanzen befinden sich auf einer Intensivstation. Sie schützt sie vor der Sonne, als wären sie Kinder. Ihre Trauer ist über zehn Meter hinweg spürbar. Dann nimmt sie mich in den Arm. Wenn ich jetzt weinen wolle, dann solle ich mich im Haus irgendwo hinsetzen. Aber noch nicht fahren.

Meine Mutter lehnt am Gartentor. Ich halte mich an der geöffneten Tür des Mietwagens fest. Mein Vater ist im Hintergrund. Er steht in einer Ecke des Gartens, den Rücken zu uns, betrachtet einen Baumstamm. »Wir finden nicht heraus aus unseren Lieben«, sagt meine Mutter. Vielleicht sagt sie auch »aus unserem Leben«. Ihr Tonfall ist wie eine Entschuldigung. Als ich aus der Auffahrt setze, bedeutet mir meine Mutter, ich solle das Fenster herunterrollen. »I love you«, sagt sie. »I love you, too«, sage ich. Und daß sie auf sich aufpassen solle.

246 *Love has a graveyard. Bury what's left of your miserable soul.*
Tom Waits

247 Mein Vater findet mich *ganz schön neugierig*. Ich erkläre, daß es ja auch etwas mit meinem Leben, mit meiner Vergangenheit zu tun hätte. Nein, sagt mein Vater. Die schweren Zeiten seien ge-

wesen, als ich aus dem Haus war. Das klingt so, als hätte es mit meinem Fortgehen zu tun.
Meine Mutter spricht von dreißig Jahren. Ich bin noch nicht seit dreißig Jahren aus dem Haus. Und sie sagt, ihr Geist würde klein. Das störe sie. Aber sie hätte einfach keine Lust mehr, die Socken aufzuheben, die mein Vater im Schlafzimmer liegen lasse.

248 Meine Freundin trifft sich mit mir, obwohl ich im Büro so unter Druck stehe, daß Gespräche mit mir einfach keine Freude sein können. Gelegentlich macht sie sich Sorgen, sagt sie. Wenn die Unterhaltung völlig assoziativ verlaufe. Dann nimmt sie meinen Arm und steuert mich irgendwohin. Dabei ist sie kleiner als ich. Ihr Oberarm beginnt unter meiner Brust. Wir gehen eng nebeneinander. Ich fühle mich geschützt.

249 *Shovels of shard glass. Don't spend your wages on love.*
Tom Waits

250 Als ich vom Haus meiner Eltern aufbreche, fahre ich in eine schwarze Wand hinein. Ein Sturm naht. Wie billig. *Reinigend*, heißt so etwas dann. Ich stecke doch nicht in einem Roman von E. M. Forster, denke ich.
Hagel und schwerer Regen. Sicht gerade mal zwanzig Meter. Jetzt könnte jemand in mich hineinfahren. Früher habe ich mir das oft ausgemalt.
Aber das will ich heute nicht mehr. Erleichtert komme ich dort an, wo ich hin will. Bei meinem Onkel.
In meinem Testament stehen die Lieder, die ich zu meiner Beerdigung gesungen wissen will. Was noch hineingehört: Daß der Postkartenempfänger, der Geschichtenschenker, der Wohnungsinteressent, mein bester Freund, der Wochenend-Mann, mein Onkel geladen werden sollen. Ich möchte diese Männer bei meiner Trauerfeier wissen. Am meisten möchte ich aber heute wissen, was sie an mir finden.
Was meine Freundin an mir hat, das sagt sie mir.

251 Ich sei ihre platonische Liebe.

252 Es klingelt an der Tür. Der Wohnungsinteressent. Er sei jetzt in meinem Haus eingezogen. Wollte sich nur melden. Meine Einladung, auf einen Begrüßungstrunk hochzukommen, schlägt er aus.
Seit der Interessent bei uns im Haus wohnt, kann ich mich nicht mehr unbeobachtet fühlen. Ich schreite auf das wartende Taxi zu, gehe nicht. Der Einkaufskorb ist eleganter als sonst über die Schulter drapiert. Mit Sorgfalt gepackt: die Kräuter oben, Milch in der Flasche, Klopapier möglichst so, daß man es nicht sieht. Natürlich begegnen wir uns nie.

253 Ich sitze im Straßencafé gegenüber. In der neuen Wohnung des Interessenten brennt Licht. Dann geht es aus. Ich überlege, ob er jetzt wohl essen gehen wird.
Eine Frau in einer durchsichtigen grünen Bluse geht auf den Kellner zu. Sie fragt, ob jemand schon da sei. Ich kann den Namen nicht verstehen, aber ich überlege, ob es der des Interessenten ist. Aber der klingt anders. Die Frau geht ins Lokal. Ein Sportwagen fährt langsam vorüber. Der Fahrer sucht einen Parkplatz. Das ist um diese Uhrzeit schwierig. Er muß ihn gefunden und in das Café gegangen sein, denn plötzlich steht er neben meinem Tisch. »Du hast sie wohl nicht mehr alle«, sagt er. Die Frau in grün steht neben ihm. Sie setzt die Sonnenbrille auf, geht zur

S-Bahn. Der Mann marschiert in die entgegengesetzte Richtung. Zu seinem Sportwagen. Der Kellner sagt: »Auf Wiedersehen.« Das übliche »Schönen Abend noch« verbeißt er sich wohl.

254 Konzert. Ich gehe gern allein. Die Musik gehört dann mir. Ich bin nicht verpflichtet, sie mit den Fremden um mich zu teilen. Sie existieren gar nicht. Im Adagio fällt mir die These meines Nicht-Geliebten ein. Die heute mögliche beliebige Reproduzierbarkeit von Musik trivialisiere sie.
Plötzlich will ich, daß er neben mir säße. Was tue ich hier alleine? Mir scheint, die Leute würden mich beobachten. Als ich das Programm zu Boden fallen lasse, tun sie es wirklich.

255 Ich bin nicht allein. Ich sitze in einem Restaurant mit meinen amerikanischen Freunden. Es geht um eine Stadt, in die ich ziehen möchte. Sie haben sie verlassen, um in meine Stadt zu kommen.
Am Nebentisch singt plötzlich ein älterer Mann. *O sole mio*. Er singt so laut, daß das ganze Lokal schweigt. Er singt außerdem gut. Die eine seiner beiden Begleiterinnen winkt mir zu. »Look, there's your girlfriend«, sagt sie zu dem Mann.
Meine Freunde erzählen von einer Bahnfahrt. In ihrem Abteil

saßen drei Japaner, die sich während der Reise dauernd Notizen machten. Als meine Freunde nachfragten, erfuhren sie, daß die drei für die japanische Eisenbahn auf einer Recherche-Reise waren. »Mr. Fuyuka, he timetables.« Voller Entsetzen berichtete das Trüppchen von nicht-klimatisierten Waggons, unpünktlichen Zügen. Meine Freunde organisierten ihren drei neuen Bekannten Hotelzimmer in unserer Stadt. Am nächsten Abend gingen sie mit ihnen aus. In eine typisch deutsche Kneipe. Sie hieß auch noch *Zur gemütlichen Ecke*. Die Japaner photographierten alles. Den eichengeschnitzten Tresen, die Hängelampe, die Wirtin, die kleinen Papierröckchen um den Stiel der Biergläser. Zum Schluß waren sie mit dem ganzen Lokal befreundet.
Meine Freunde bieten an, den älteren Bariton am Nachbartisch zu uns herüber zu bitten. Ich lehne ab. Auf die Idee müsse er schon selber kommen. Aber es freut mich, daß meine Freunde an mich denken.

256 Meine Freundin findet schon wieder, so ginge es nicht mit mir weiter. Ich sei reif. Ich solle mir jetzt gefälligst einmal Mühe geben und mir einen ungebundenen Lover suchen. Sie erlebe derzeit, wie schön es sei, keine Vergangenheit aufarbeiten zu müssen. Ich erzähle ihr von meinem letzten Versuch.

Chiffre ZV 2203
»Das laß bloß bleiben, jetzt bau lieber Deinen Betrieb weiter auf, und wenn Du allein bleibst, hast Du immer noch gute Freunde und ein ausgefülltes Leben, damit kann man auch glücklich werden.« Aber was soll ich dann mit meiner ganzen Liebe anfangen, und mit der Sehnsucht, eine Familie zu gründen? Frau zum Pferdestehlen sucht also keine Patentrezepte, sondern einen lebensvollen, charakterstarken Mann, der wie sie: seinen Beruf klasse findet, für den anderen da sein kann, viel Grips hat und noch viel mehr Interessen, großzügig ist und fähig, sich zu streiten, gerne Studienreisen unternimmt, gläubig ist, das eigene Seelenleben einschätzen kann, ein angenehmes Äußeres hat ... und ansonsten: ganz viele Ecken, Kanten und Schönheitsfehler besitzt, die ihn spannend machen!

Die Anzeige war ein Flop.

»Meine wirtschaftlichen Verhältnisse sind sehr gut.«

»Ich bin an fast allem interessiert, vor allem aber an meinem gemütlichen Zuhause.«

»Ich suche keine Frau um jeden Preis. Ehrlich gesagt, muß schon viel kommen, damit ich eine Liebesbeziehung beginne.«

»Lebe in der Magie meines Sternzeichens, sexuell sehr fordernd und gebend.«

»Ich bin blond, schlank, ledig. Ihr Inserat spricht mich an; ich würde Sie gern kennenlernen. Rufen Sie mich an.«

Auf einem Firmenbriefbogen, die Kopie einer Kopie, nur Chiffre und Datum frisch eingetippt: »Hallo, Ihr Inserat hat mich ermutigt, zum ersten Mal diesen Schritt zu tun. Ich suche eine Partnerin.«
Die Absagen schrieb ich unter Pseudonym. Ohne Absender. Sie wurden von einer Freundin in einer anderen Stadt abgeschickt. Ich sandte ihr meine Umschläge frankiert zu, damit sie sie in einen Postkasten werfe.

257 Die Briefe holte ich aus einer Plastiktüte, die ich hinten, unten in meinem Schrank versteckt hatte. Dort leisten sie den Überresten einer anderen Geschichte Gesellschaft. Und Bildern in Silberrahmen. Seit neuestem sind dort auch die Weihnachtsphotos, die mein/e Mitbewohner/in und ich an Freunde verschickt hatten. Sie sind den Bildern meiner Eltern gefolgt. Mein Nicht-Geliebter allerdings steht noch auf meinem Schreibtisch. Als wir ausgesprochen hatten, worum es uns geht, hatte ich ihn um ein Photo gebeten. Er schickte mir vier. Selber hatte er keines von mir gewollt. Ich sei ihm auch so präsent genug. Insbesondere, wenn ich lachte.

258 Ich telephoniere mit meiner Mutter. Sage ihr, mein Vater hätte mir nichts erzählt. Das Gespräch sei also keines gewesen. Vielleicht sei ich ja naiv gewesen. Meine Mutter lacht. Es ist eine halbe Portion von Lachen. Die andere Hälfte besteht aus *Das hätte ich dir auch gleich sagen können.*
Ich habe meine Mutter einmal richtig lachen gesehen. Sie kam zur Tür herein und schloß sie mit einem Knall, indem sie sich mit dem Hintern dagegen lehnte. Einer unserer Sommergäste hatte einen halbfrechen Kommentar gemacht. Sie mußte sich an die Tür lehnen, so weich schienen ihr die Knie zu werden. Ich weiß, daß ich mich auf die Treppe setzte und ihr zuschaute.

259 Mein bester Freund überlegt, ob er meine Mutter nicht zu sich einladen soll. Sie könnte ihm doch den Haushalt führen. Ein paar Wochen lang. Ich sage ihm, das würde sie bestimmt ablehnen. Sie könne meinen Vater doch jetzt nicht von der Leine lassen.

260 Familienfest. Meine Schwester und ich richten es aus. Wir besprechen das Menü, die Gästeliste, die Tischkarten. Gäste sagen sich verfrüht an, teilen die genaue Ankunftszeit mit und sagen, der Koffer sei durchaus schwer. Andere sagen in letzter

Minute ab. Wir sprechen nicht von dem, was uns eigentlich beschäftigt. Vom Vater. Der Mutter.
Nach dem Ungespräch hatte ich meinen Vater zum Abschied auf beide Wangen geküßt. Es geschah, weil meine Mutter in der Nähe stand. Ich habe keine besondere Lust, ihn diesmal zur Begrüßung zu küssen. Eigentlich habe ich keine besondere Lust, ihn überhaupt in meiner Wohnung zu empfangen.
Mein/e Mitbewohner/in wird an dem Abend ins Kino gehen.

261 Sommer in meiner Stadt. Ich trinke, rauche und schreibe. Wie letztes Jahr. Die Texte damals richteten sich an meinen Nicht-Geliebten. Dieser Text natürlich auch. Um zehn ist es noch hell. Um halb vier wird es Morgen. Ich schlafe wenig. Das ist eigentlich ein gutes Zeichen. *On a toute la vie pour s'amuser et toute la mort pour se reposer!* Sagte ich meinem Nicht-Geliebten diesen Satz, würde sich ein Gespräch über die Folterbänke des Fegefeuers anschließen. Vielleicht aber auch ein ganz anderes.
Ein Freund besucht mich spontan. Wir haben uns ein Jahr lang nicht gesehen. Beruflich hat er sich verändert. Er schreibt. Reiseberichte. Exotica. Ich frage ihn nach der Liebe. Die sei gerade in Paris. Und bei mir? Als ich zögerlich anfange, kommt mein/e Mitbewohner/in auf den Balkon. Ich lade meinen/meine Mitbewohner/in nicht ein, sich zu uns zu setzen.

262 Ich werde ausziehen. Vor den Kartons graust mir. Vor dem Einsortieren eines Lebens. Die Auflösung der Verstecke, in die ich meine Erinnerungen verbannt habe, ist eine Preisgabe. Der Ballast an Kulturbesitz, der von der einen Behausung in die andere geschleppt wird, um dort wenig benutzt zu werden und doch Signale zu senden, lastet auf mir. Silbertabletts, Kristallgläser, Porzellan aus einer Manufaktur sprechen dieselbe Sprache wie Siegelringe, Perlenketten und dunkelblaue Faltenröcke. Beim letzten Umzug dauerte es ein dreiviertel Jahr, bis der Silberkarton ausgepackt war. Ich hatte mir geschworen, nie wieder ein Buch zu kaufen. Das hielt ich zwei Wochen lang ein.

263 Meine Schwester ruft an. Das Familienfest beginnt morgen. Wir sprechen über Stühle, Servietten, Gläser. Dann fragt sie mich. Ob es mir etwas ausmache, meine Eltern zu sehen. Unsere Eltern. Ich sage ihr, ich wüßte es nicht. Ob ich denn noch schriebe, will sie wissen. Sie meine, den Text da, also diesen Roman. Ja, sage ich. Er sei fast fertig. Ich wisse nur noch nicht, wie ich ihn enden lassen solle. »I'm dying to read it«, sagt meine Schwester. »You know that.« Ich sage, gut, dann würde ich den Text für sie ausdrucken. Nein, das solle ich nicht tun. Wie solle sie denn dann das Wochenende durchstehen? Sie legt plötzlich auf.

Ich habe sie nicht mehr fragen können, wie sie denn das Wochenende durchstehen wolle, ohne meinen Text zu kennen.

264 Meine Freundin lädt mich in ein Lokal ein, in das ich immer schon einmal gehen wollte. Weil *man* dorthin geht. An diesem Abend sind viele Gäste da, die sehen wollen. Wenige, die man sehen könnte. Unsere Tischnachbarn fragen sich, ob wir wohl sehenswert sind. Dazu unterhalten wir uns aber zu angeregt. Meine Freundin erklärt mir, warum sie Kühe liebt. Die Dame am Nachbartisch, der zehn Zentimeter von dem unseren entfernt steht, ißt nicht. Sie hört uns zu. Ich erzähle von einer Untersuchung von Pilgerberichten im Mittelalter. Meine Freundin von einem Streit mit ihrer Vermieterin. Die Araber zwei Tische weiter sprechen immer lauter. Arabisch kann man anscheinend nur laut sprechen. Meine Freundin und ich teilen uns ein Dessert. Mousse im Valrhona-Mantel, mit Himbeeren und Zitronen-Milchschaum garniert.
Als ich mich mit meinem Nicht-Geliebten das erste Mal verabredete, gingen wir zum Dessert in ein anderes Lokal. Ich mußte mittendrin noch etwas aus dem Auto holen. Durch das Fenster des Restaurants sah ich, wie mein Nicht-Geliebter hastig die Schokoladensauce von meinem Teller aß. Ich weiß bis heute

nicht, was ihn so schuldbewußt wirken ließ. War es die Intimität dieser Tat oder der Kalorienreichtum des Desserts?
Ich sage meiner Freundin, daß ich meinen Nicht-Geliebten immer noch nicht vergessen könnte. Sie will mich trösten. Das ginge auch erst, wenn der nächste Mann da sei. Ich sollte mir endlich Mühe geben und einen suchen.

265 Vierzig Erwachsene und eine ungeklärte Anzahl von Kindern zwischen achtzehn Monaten und zwölf Jahren. Mein Schlafzimmer wird zum Spielparadies deklariert. In der Küche stehen zwei Tanten und mindestens sieben Cousinen und schneiden Karotten für die Suppe, kochen Reis, dekorieren Schüsseln, suchen das Besteck. Die Onkel stehen auf dem Balkon oder im Wohnzimmer und organisieren sich selbst Getränke. Mein/e Mitbewohner/in ist dageblieben. Das Familienfest scheint meinem/meiner Mitbewohner/in zu gefallen.
Ein hageres älteres Paar kommt zur Tür herein. Es sind meine Mutter und mein Vater. Ich hatte vergessen, wie weißhaarig sie geworden sind. Daß sie so schüchtern sein können, war mir auch nicht klar.
In der Vorstellungsrunde, die angesichts der Größe und Verzweigtheit meiner Familie sinnvoll ist, sage ich, daß ich beruflich neue Wege gehe. Ich schriebe jetzt mehr, als ich übersetze.

Einen Roman. Mein Vater lehnt sich vor, um meine Mutter anzusehen. Als die Reihe an ihm ist, sagt er: »Ich preise mich glücklich, ihr Mann zu sein.«
Jeder präsentiert seine Geschichte. »Ich arbeite als …« »Mein Vater hat damals …« »Wir sind viel in der Welt herumgekommen …« Nur ein Onkel spricht von *hard times*. Er ist nach Südamerika ausgewandert. Vielleicht liegt es daran.
Die anderen Geschichten höre ich später. Manche kenne ich schon lange.

266 Ein Herr steht auf der Terrasse. Er ist ein großer Mann. Seine Herzlichkeit, seine Liebe zu den Menschen sind sprichwörtlich. Ich kannte sie selber. Er sieht drei Kinder die Auffahrt zum Gutshaus heraufkommen. Die kleinen Gestalten tragen Koffer und Taschen. Ihre Mutter ist vor einigen Monaten davongelaufen. Als der Vater kurz darauf starb, sollten sie zu ihrer Großmutter. Die schickte sie zu dem Herrn auf der Terrasse. In der Familie wären doch schon so viele Kinder, da machten drei mehr auch nichts aus. Als die drei Kinder bei dem Herrn ankommen, sagt er: »Endlich seid ihr da.« Es heißt, diese Geschichte von meinem Großvater könne bis heute nicht erzählt werden, ohne daß die damaligen Kinder weinen.
Eine Großtante heiratete nach dem Tod ihres ersten Mannes den

falschen. Er mochte die Kinder meiner Großtante nicht, oder sie mochte nicht mehr Mutter sein, oder die Kinder waren zu schwierig. Jedenfalls kamen sie auch zu meinen Großeltern. Meine Großmutter sagte später bei Einladungen zu ihrer Schwester: »Deinen Mann kannst du zu Hause lassen.« Die Ausbildung des Sohnes meiner Großtante zahlte wieder eine andere Tante.
Eine Tante bekam ein Kind. Als ihr Mann starb, wanderte sie aus und ließ ihren Sohn bei den Schwiegereltern. Die schwiegen über die Herkunft ihres Enkels. Eines Tages fand er im Gebetbuch seiner Großmutter einen Zeitungsaufsatz über einen Mann, den er nicht kannte. Aber daß er wichtig sein mußte, war ihm klar. Das war sein Großvater mütterlicherseits. So kam dieser Vetter in unsere Familie.
Irgendwo im Familienstammbaum haben wir noch eine Revue-Tänzerin. Wo sie genau einzusortieren ist, weiß ich nicht. Vielleicht ist sie es auch gar nicht. Aber ich wünschte, sie wäre hier.

267 Meine Schwester sagt, sie hätte die ersten Seiten dieses Textes gelesen. Dann hätte sie ihn weglegen müssen. Jetzt, in ihrem Zustand, könne sie das nicht. Sie mache sich Sorgen. Um meine Eltern.
Ich würde ihr gerne von der Fiktion der Autobiographie erzählen. Aber dazu ist jetzt keine Zeit.

Meine Freundin hinterläßt mir eine Nachricht. Sie sei gerade bei ihrer Geliebten. Doch statt deren Namen sagt sie meinen. Als sie das merkt, lacht sie und korrigiert sich. Ich lache auch, als ich die Nachricht abhöre. Meine Freundin will mir nur ein schönes Familienfest wünschen, sagt sie. Sie hatte nicht dazukommen wollen.

268 Die Tischordnung wird angesagt. In unserer Familie gibt es mehr Frauen als Männer. Fast alle Herren führen also zwei Damen zu Tisch. Sie werden mit den Worten »Nimmst du bitte diese Tante, und die andere auch, an den Arm?« dazu aufgefordert. Auch mein Vater hat zwei Tischdamen. Er fragt, ob man die Damen auch auf den Arm nehmen könne. Oder in die Arme. Aber nein, das mache er nur hinter geschlossener Tür. Es wird gelacht.
Meine Mutter steht am Ende des Abends in der Küche und sortiert das Silber ein. Sie legt die Löffel ordentlich in das Löffelfach, die großen Gabeln in das große Fach, die kleinen daneben. Die Messer werden getrennt eingerollt. Meine Mutter ist allein in der Küche. Ich gehe zu ihr. Wir sprechen über das richtige Ordnen von Silberbesteck, die Rede eines Onkels und über die Suppe.

269 Die Predigt im Gottesdienst für unsere Familie befaßt sich mit dem verlorenen Sohn. Die Aufnahme in die Familie derer, die sich von ihr entfernt hatten. Die Pastorin spricht auch von der Leistung des zu Hause gebliebenen Sohnes. Für ihn sei nie eigens ein Fest ausgerichtet worden. Und doch hilft er bei dem Willkommen für den abtrünnigen Bruder.
Meine Eltern sind früh in die Kirche gekommen. Das erkennt man daran, daß sie vorne, in der ersten Reihe sitzen. Früher saßen wir immer zusammen in der Bank. Zum Abendmahl gingen wir gemeinsam. Ich sitze neben meiner Lieblingstante. Sie ist die Frau des Onkels, den ich liebe. Meine Schwester und meinen Schwager sehe ich nicht. Sie werden irgendwo in der Menge sein, die unsere Familie darstellt. Drei Reihen vor mir sitzt meine Nichte unter den Kindern einer Cousine. Die Verwandtschaftsverhältnisse unter uns spannen ein Netz durch den Kirchenraum. Die Pastorin sagt »Gott helf' uns«. Vielleicht habe ich sie auch mißverstanden. Vielleicht sagt sie: »Gott hält uns.« Zum Abschluß wünscht sie allen Gottes Segen für die Heimfahrt.
Der Abschied von den Gästen dauert zwei Stunden. Es gibt ein Mittagessen im Garten meiner Schwester und hundert Küsse. Jeweils einen auf die linke und einen auf die rechte Wange. Die Kinder knicksen oder machen einen Diener. Auf ihren Hosen und karierten Kleidchen sind noch die Spuren der Schlammschlacht im Sandkasten zu sehen.

Auch meine Eltern reisen ab. Sie möchten vorher noch einen Besuch machen. Ich wünsche ihnen eine gute Fahrt. Und bis bald. Sie gehen zusammen aus der Tür und die Treppe hinunter zur Straße.

270 Traum
Ein Herr erklärt mir, er sei in seiner Firma für die Farbe Blau zuständig. Es gäbe ganz viele verschiedene Blaus, und sie seien überall anzutreffen. Meerblau, dunkelblau, himmelblau. Ob ich eigentlich wüßte, wie viele Blaus der Himmel kenne? Es ist schön, dem Mann zuzuhören. Meine Nichte kommt auf meinen Schoß. Sie ist groß, neun Jahre alt. Sie legt die Arme um meinen Hals und fragt mich: »Was machst du?«

271 Briefe müssen dringend auf die Post gebracht werden. Ich stürze aus der Wohnung. An der Haustür sehe ich den Wohnungsinteressenten. Ob ich wohl wisse, bei wem er gerade geklingelt hätte? »Bei mir natürlich«, erwidere ich. Genau. Wie schade, er hätte mich einladen wollen. Aber ich gehe ja anscheinend aus. »Nur zum Postkasten«, sage ich. Es fängt gerade zu regnen an. Der Wohnungsinteressent leiht mir einen Schirm.
Auf dem Weg zurück kommen dicke, schwere Tropfen. Die

Menschen flüchten sich unter die Markisen der Cafés. Ein Mann sitzt schon an einem Tisch, seine Frau wartet unter dem Balkon gegenüber. Ich biete ihr mein Geleit und den Schirm an. Es sind eindeutig Touristen. Sie lachen mit mir.

Die neue Wohnung des Interessenten ist voller Kartons. Nur das Arbeitszimmer sieht funktionsfähig aus. Das Erkerzimmer ist in einem tiefen Rot gestrichen. Glücklicherweise ist der Wohnungsinteressent damit nicht zufrieden. Ob ich da nicht einen anderen Vorschlag hätte? Ich verspreche eine Postkarte mit dem pompejanischen Rot.

Auf dem Balkon öffne ich die Mineralwasserflasche. Das Wasser sprudelt heraus und durchnäßt mein Kleid. »Übrigens, vielen Dank auch für den Schirm. Hat echt geholfen eben«, sage ich.

Wir sitzen und schauen auf die sommerliche Straße. Unten geht ein Zeitungsverkäufer vorbei, der seine Ware anbietet. Er tut es so laut, daß wir es auch hören können. Seine Schlagzeilen reimen sich.

Der helle Himmel wird immer tiefer blau. Von irgendwoher werden weiße Wolken so beleuchtet, daß sie fast glitzern. Es geht um Krimiserien, um die Architektur unserer Stadt, um Spione, um die Wohnungssuche. Diesmal meine. Eigentlich würde ich es bedauern, jetzt aus diesem Haus auszuziehen. Aber das sage ich dem Wohnungsinteressenten lieber nicht.

Der Wohnungsinteressent fragt nach meinem Projekt, nach dem

Geheimnis, über das wir gesprochen hätten neulich. Ich sage, ich hätte fast damit abgeschlossen. Oder so gut wie. Es wäre schön, jetzt enden zu können. Das würde den anstehenden Sommer bereichern. Der Wohnungsinteressent sagt, er sei gespannt. Ich weiß nicht, ob er meinen Text oder den Sommer meint.

272 In manchen Situationen, die ich nicht genau benennen kann, fallen mir die deutschen Worte nicht mehr ein. Hilflos flechte ich englische Ausdrücke in meine Sätze.

Schmerzlos sind wir und haben fast
die Sprache in der Fremde verloren.
Friedrich Hölderlin

273 Ein Wochenendbesuch verabschiedet sich mit den Worten »Wir haben Dinge getan, die wir uns nicht hätten vorstellen können« und wirft meinem/meiner Mitbewohner/in einen Blick zu. Am nächsten Tag kommt ein Blumenstrauß. Rosa Rosen mit tiefrotem Rand an den Blättern, Perückenkraut wirft Netze. Mein/e Mitbewohner/in findet den Strauß winterlich. Ich sage, er sei romantisch. Das gefällt meinem/meiner Mitbewohner/in anscheinend nicht wirklich.

274 Das Wochenende hätte ich mir auch nicht vorstellen können. Mein/e Mitbewohner/in war beschäftigt. Ich hatte zu tun. In der leeren Wohnung. Ich genoß es, allein zu sein. Das war neu. Der Unwillen, in die unbewohnten Wände zurückzukehren, ist verschwunden. Freiheit.

Fällt es euch schwer, auf diesem Grund zu leben?

Erdmann Neumeister

275 Vor Jahren kam ich einmal zur Besinnung. Ich entdeckte in einem Rasen eine rote kleine Blume. Ich weiß bis heute nicht, was es für eine Pflanze war. Sie blühte in herbstlich lang gewachsenem Gras, das am nächsten Tag von einem Gärtner gemäht werden sollte. Um mich herum wirbelten die Obstbäume und Koniferen des Gartens einer Villa am Rand meiner Stadt, die ich in dem Sommer lieben gelernt hatte. Das Haus hinter mir wogte auf und ab. Ich verbannte den Sturm aus meinem Blickfeld, konzentrierte mich auf das wesentliche. Die kleine tapfere Blüte vor mir. Ich wußte, daß es sie am nächsten Tag nicht mehr geben würde. Das hatte ich ihr voraus. Und das Nicht-Wissen um meine Zukunft.

276 Ich schreibe das Schlußwort meiner Dissertation. Beauftrage einen Spediteur. Den Silberrahmen mit dem Photo meines Nicht-Geliebten nehme ich vom Schreibtisch, stelle ihn zu den anderen Photos auf die Kommode. Das Tagebuch kommt ins Regal. Es ist an der Zeit, ein neues zu beginnen.